John Muir

MY FIRST SUMMER IN THE SIERRA

夏日走过山间

[美] 约翰·缪尔 著

邱婷婷 译

上海译文出版社

致山岭环保俱乐部

——人类环境的忠实保卫者

自由峰、春天瀑布和内华达瀑布

图片目录

照片

文中照片皆由赫尔伯特·W. 格利森拍摄，其中多张在作者陪同下完成，162 页照片出现了作者身影。

插图

文中所有的素描草图都来自作者本人，均创作于 1869 年。

夏日走过山间

一八六九年

加州壮观的中央山谷地区一年只有两个季节，春季和夏季。一般在每年十一月的第一场雷雨之后，春天就来了。在接下来的几个月内，绚烂的山花开满山谷。大约到第二年五月底，那些花儿便会凋谢、干枯，每株植物都变得像刚刚从烤箱里取出来一样脆弱易碎。

接下来的日子，懒洋洋的羊群一边气喘吁吁，一边被赶往更高、更凉爽的内华达山间牧场。一直以来，我都向往这个季节的山间。可惜因为囊中羞涩，我无力负担此行的花销。我为自己的衣食问题而一筹莫展，以至于开始幻想自己能学会像动物一样的野外生存能力，能从野生的植物种子、野莓等获取能量，自由自在地翻山越岭而无需像人类一样纠结于携带金钱和行李等问题。就在我一筹莫展的时候，德莱尼先生的一次拜访将我从困境中解救出来。德莱尼先生是一位牧场主，我曾经为他工作过几个星期，这次他提出雇用我与他的牧羊人以及羊群一起去默塞德（Merced）河、图奥勒米（Tuolumne）河的源头放牧——那正是我一心向往的地方。对我来说，只要能回到去年夏天让我流连忘返的约塞米蒂（Yosemite）群山中，任何工作我都会欣然接受。德莱尼先生解释说，羊群将随着雪山融化而延展的森林带慢慢向高海拔处进发，在我们能找到的最好的牧场停留几周。他还保证说我可以完全自由地安排我的研究。我觉得以这些牧场为观察中心，我可以安排一些极有成效的八到十英里左右的短途行程，观察周围的植被、动物以及岩石。但是另一方面，我认为自己无法胜任德莱尼先生提供的这份工作，我也坦白地向他承认了我的弱点：我对高山地带的地形地貌完全不熟悉，这一路我们需要经过

默塞德河，马蹄湾

哪些河流小溪，需要提防羊群的哪些天敌，此等事宜我都一无所知。总而言之，我担心在经历野外的熊、狼、河流、峡谷以及荆棘密布、一不小心就迷路的灌木丛的重重考验后，他的羊群可能损失大半。好在德莱尼先生一点也不在乎我的这些短处。他说雇用我的主要目的是想有个信得过的人在营地周围，确保他的牧羊人能好好干活。他也安慰我说，现在我看到的都是重重困难，等到真正出发，一定会车到山前必有路，柳暗花明又一村的。他告诉我牧羊人会负责放牧的一切工作，而我一路上可以放心地去研究我的植物、岩石、地貌，他本人不仅会陪我们一直走到第一个主营地，还会在后面的日子里时不时地来探访我们，并送来生活物资。这时我接受这份工作的决心已定。虽然如此，当我看到那一大群蠢头蠢脑的羊跌跌撞撞地拥向畜栏的窄门，我还是担忧这两千零五十头羊里面，有很多即将踏上不归路。

我很幸运地得到一只圣伯纳犬伴我同行。狗的主人和我虽然交情不深，但一得知我要出发去山里度过整个夏天的消息，他就恳请我把他最心爱的狗儿卡罗带去——他担心如果留在平原，夏季的炎热可能会要了它的命。“我相信你会好好待它的，”他说，“而且我也肯定它能帮上你的忙。它熟悉所有的山中野兽，能护卫你们的营地，帮着管理羊群，并且一直忠心耿耿地为你服务。”卡罗知道我们在谈论它，它盯着我们的脸，很认真地听着我们说话，让我一度觉得它仿佛能听懂人话。我叫唤它的名字，问它是否愿意跟我走。它用闪烁着智慧光芒的眼睛盯着我，然后转身望着它的主人，直到主人朝我挥手并且轻轻拍打它以示告别，它就像得到指令一样，静静地跟着我走了，就像跟着一个它认识很久的朋友。

六月三日

我们把食品饮料、野营水壶、毛毯、压草机等物资用两匹马驮着，赶着羊群浩浩荡荡地向着呈现出黄褐色的丘陵出发，身后扬起一片尘土。又瘦又高的德莱尼先生那刀削般的侧脸像极了堂吉诃德，他带领着驮着物资的马走在最前面；骄傲的牧羊人比利、一个中国人，还有一个迪格尔族印第安人将在最初的几天帮忙把羊群赶过灌木丛生的丘陵；我则把我的笔记本拴在了腰间。

我们即将离开的农场位于图奥勒米河南岸靠近弗伦

奇湾（French Bar）的地方，从那儿开始，含金的变质页岩构成的丘陵，一直延伸到中央山谷的沉积地层之下。出发还不到一英里路，领头羊群中的一些老羊开始激动地往前冲，因为它们已经回忆起去年夏天在高地牧场度过的愉快时光。很快，充满希望的喜悦气氛便传染给整个羊群，母羊们召唤着自己的孩子，小羊则用类似人类发出的声音给予回应，还时不时地抽空往嘴里塞满干枯的牧草。在这嘈杂的羊咩声中，羊群陆续爬上了山丘，很神奇的是每一对母子都能毫无差错地认出彼此的声音。有时候因为在滚滚灰尘中的小羊过于疲惫而无法发声应答，母羊就会掉头冲回到上次听到小羊咩咩声的地方，不找到自己的孩子决不罢休。当然了，我们无论是靠眼睛还是耳朵，都无法分辨出这许多小羊有什么区别。

羊群以大概每小时一英里的速度前行，队形看上去像一个不规则的三角形。这个三角形底边大约有一百英尺，高约有一百五十英尺，一小群最强壮的羊构成这个三角形的顶角，它们轮流担当着领头羊的重任，其他积极的壮羊分布在三角形主体参差不齐的侧边，急切地在岩石和灌木丛中寻找牧草和树叶的踪迹，不放过任何角落。小羊羔和孱弱的老母羊则慢吞吞地跟在三角形的底部，构成所谓的“底边”。

中午时分的炎热让人难以忍受。可怜的羊儿们痛苦地喘着气，恨不得在它们经过的每一片树荫下多停留上片刻。尽管什么也看不清，我们还是透过火辣辣的刺目阳光，热切地凝望着远处雪山和溪流的方向。这里的地形仍然是绵延的丘陵，只有时不时的灌木丛、树木和裸露的页岩形成一些起伏。以蓝橡树为主的树木大多在三十到四十英尺高，长着浅蓝绿色的叶子和白色的树干，扎根在最贫瘠的土壤或者岩石的缝隙间，恰能躲过草原野火的魔掌。这片地区经常能看到覆盖着苔藓的页岩石板突然从黄褐色的草皮上冒出来，就像乱葬岗上突兀的墓碑。除了橡树和石兰、美洲茶等四五种灌木外，丘陵地区的植被和平原没什么区别。我曾经在春天到过这片地区，景色完全不同于现在，那时简直就是个鲜花绽放，鸟儿和蜜蜂翩翩起舞的大花园。现在这炙热的天气把一切都烤得了无生机：土地上布满干涸的裂纹，蜥蜴在岩石上一闪即过，队伍庞大的蚁群列队收集食物，散发出与弱小身躯不成比例的能量，将它们微弱的生命之火在炎炎夏日中燃烧得更加炫目。在烈火般阳光的炙烤下，它们居然没有转眼就被烤成脆片，这真是个让我百思不得其解的奇迹。有响尾蛇蜷缩在无人之处，但也并不多见。平日里聒噪无比的喜鹊和乌鸦现在都安静了，张着大嘴巴，耷拉着翅膀，再无力气发出一点声音。它们混杂成群，躲在树荫最浓的树下。在几个温热的碱水池旁，鹌鹑们也尽量躲在阴凉处，棉尾兔在美洲茶丛间的阴凉处窜来窜去，时不时地还能见到长耳兔穿过旷野的优雅身影。

在一片小树林短暂的午休后，这群可怜的羊又被驱赶着在滚滚尘土中沿着灌木丛生的山丘行军了。在我们几乎要迷失方向的时候，脚下那条我们一直跟随着的泥土小道也越来越看不清楚了，迫使我们停住脚步瞭望四周，确认我们的位置。那个中国人觉得我们已经迷路了，还用他的洋泾浜英语抱怨“小混子”（灌木）太多；那个印第安人则安静地瞭望波涛般起伏的山脊和峡谷，寻找空旷地带。经过长时间的观察，我们终于发现了一条朝着科尔特维尔（Coulterville）方向去的路。我们沿着这条路一直走到一个干燥的牧场，准备在那里扎营过夜，这时离太阳下山只有一个小时了。

在山脚和一大群羊扎营是件很轻松的事情，但却与舒适不沾边。太阳下山前，在牧羊人的看管下，羊儿们在周围寻找吃食，其他人则分头完成捡柴、生火、做饭、解下马儿身上的行李并把它们喂饱等工作。黄昏时分，困倦的羊群在营地旁的制高点集合，自愿挤拢到一起。当每只母羊都找到并且喂饱自己的孩子后，羊儿们便昏昏沉睡直到天明，完全不需要我们再操心。

随着一声大喊“吃的来了”，晚餐便准备好了。我们人手一个锡盘，直接从锅里盛出食物，一边聊着露营的轶事：喂羊啦、采矿啦、野狼啦、熊啦，还有淘金热鼎盛时期的难忘往事。印第安人一直沉默不语地把自己淹没在背景里，仿佛他是属于另外一个种群的生物。吃完饭，喂完狗，围着篝火抽完烟后，在肚儿饱饱烟瘾过足的满足感的双重作用下，大家脸上渐渐浮现出的平静表情也添上了一抹神圣的色彩，就像圣人们在沉思时焕发出的光芒。突然间有人如从梦中惊醒，叹口气，把烟斗里的烟灰磕掉，打个哈欠，呆呆地朝着火光望了一会后，说：“行了，我要去睡了！”之后就消失在他自己的毯子下。闪烁的篝火余烬继续燃烧了一两个小时，天上星星的光芒越来越亮眼，浣熊、野狼和猫头鹰时不时地打破夜晚的宁静，蟋蟀和雨蛙则持续着愉悦地欢唱，仿佛它们的歌声是夜色不可或缺的一部分。只有梦中人的呼噜声和呛到灰尘的羊儿的咳嗽声是这夜里不和谐的音调。星光下，羊群仿佛是盖在地上的一条巨大的灰色毛毯。

六月四日

破晓时分，营地活跃了起来。早餐有咖啡、培根和豆子，餐后我们很快地清洗好餐具、打包行李。日出时刻，羊群已经开始咩咩叫唤了。有一只母羊醒过来，她的小羊跌跌撞撞地冲过去吃奶，一直到上千只羊羔都吃饱了，整个羊群便开始散开吃草。饥饿的阉羊往往冲在最前面，但是也不敢离开羊群太远。比利、中国人和印第安人赶着羊群沿着那条沉闷的路前进，容许羊群在四分之一英里的范围内寻找一点可怜的食物。但因为之前已经有好几拨羊群经过了这个地区，所以无论是绿叶还是干树叶都所剩无几；因此这饥饿的羊群必须赶紧穿过这片荒芜、炎热的山丘，尽快到达二十到三十英里外最近的绿色草场。

“堂吉诃德”仍然带领着驮行李的马走在最前面，他肩上沉重的来复枪是为熊和狼准备的。今天的天气和第一天一样炎热，路上仍然尘土飞扬。脚下是一片棕色的沙丘，斜坡上的植被也没有什么变化，除了长相很奇怪的加州大子松。这些松树有的聚成一片小树林，有的则散落在蓝橡树林里。它的树干在十五到二十英尺高处分支成两根或更多，有的分支向外斜生，有的则笔直地朝天生长，杂乱生长的枝桠上是灰色的长针叶，但几乎无法形成树荫。整体看来，这种树的外形更接近棕榈树而非松树。它结的球果很重，有六到七英寸长，直径约五英寸，成熟落地后还能保存很长时间不腐，所以每棵树下几乎都堆满了松果。这种松果富含上乘的松脂，点燃后能发出极强的亮光，是除了玉蜀黍穗之外我见过的最好的篝火燃料。“堂吉诃德”告诉我，迪格尔印第安人喜欢大量收集这些加州大子松球果的松子来当食物。这种松子和榛子差不多大小，也有一样的硬壳。既是美食，又能点亮足以祭神的火焰，真是一物多用啊！

六月五日

清早，和云朵一般的羊群一起出发几个小时后，我们到达了皮诺布兰克（Pino Blanco）峰侧面第一块轮廓清晰的平台。我被加州大子松深深地吸引了，它奇怪的外形像棕榈树，整体造型轻盈秀丽。我很想为它画一幅素描，但在兴奋之余，实际行动却滞后了。不过，我还是驻留了一段时间，完成了一幅尚能入眼的皮诺布兰克峰的速写。我画的山峰西南侧有一片小小的农田和葡萄园，山上一条小溪成了天然的灌溉水源，形成了一条美丽的瀑布，此后又汇入到了路边的峡谷。

登上山顶平台后，海拔上升了约一千英尺，即将呈现在眼前的美景让人抑制不住的兴奋。默塞德山谷（Merced Valley）中壮丽的马蹄湾（Horseshoe Bend）的美景在我们眼前铺开：美妙的山野景色仿佛是回荡在耳边的千千阙歌。首先映入眼帘的前景是松树林、石兰灌木丛，以及在树丛间洒满阳光的开阔地。远处的背景则是层层叠叠轮廓秀丽的山脊，绵延成一片被灌木丛覆盖的山脉。这些以丛状田下蓟为主的灌木生长得非常浓密，远看就像一条柔软的长绒毯，里面不见一棵树或一点空

靠近格里利锯木场，在科尔特维尔之上的第二高原

地。极目远眺，所见之处尽是浓厚蓬松的绿色海洋，绵延不绝仿佛是铺满了苏格兰杜鹃。这片土地无论远观还是近看，都散发着令人惊叹的气质：高大的山峰簇拥在一处，其间有闪亮的河水流淌，河流流经处，留下优雅的弯道，在变质岩间勾勒出高低不平的起伏，却没有一处突兀的岩角，一切仿佛用砂纸细细打磨过一般顺滑。这片美景就像是经过精心设计过的圣洁雕塑一般，让人不禁对大自然的鬼斧神工叹为观止。我心怀敬畏地凝望着眼前的壮丽景色，恨不得用我的一切来与之交换。我心甘情愿穷尽毕生努力，来探索造就这地形、这岩石、

这植物、这动物、这气候的大自然神力。天上地下，这美景已经超越了人类的想象，浑然天成，又不断新生。我出神地望着，心中充满敬畏和期望，蓦然回神发现羊群扬起的尘土已经消失在视野，我赶紧拿出本子做好笔记，并迅速完成了一幅素描——不过内心里我却觉得笔记、素描什么的都是多余，因为这些色彩和线条、这美景的无限风情，已经深深铭刻在我的脑海里，再也无法抹去。

梦幻的一天在凉爽、平静的夜晚中结束。天空中没有一丝云彩，空气却布满了一种我从未见过的光芒。像云一样的大片发光物质充满着树林和灌木丛的空隙，就像威斯康星草原上闪烁的萤火虫，而非传说中的“野火”。空气中有大量静电，导致马尾的鬃毛根根散开，我们的毛毯也时不时地擦出火星。

六月六日

在翻越过好多个有着不同植被的山丘之后，我们到达了山脉的第二平台高原。在开阔地里，仍然生长着很多低地植物、一些蝴蝶百合和其他一些明显的百合属植物。不过低地代表的典型植物蓝橡树已经被大量的加州黑栎取代。这种落叶乔木长着巨大裂纹的叶片，拥有美丽如画的枝桠和宽大厚实、造型优美的树冠。在海拔两千五百英尺的这片地区，我们眼前已经出现一片巨大的针叶林，林子里以西黄松为主，也有小部分的兰伯氏松（别名“糖松”）。我们已经身在山间，大山的气息也充满了我们的每一个毛孔，让我们心神悸动。我们的血肉躯壳在四周的美景中就像透明的一样，完全融入周遭环境，与山间的空气、树木、溪流、岩石一起，在阳光的照射下颤抖。我们已然成为大自然的一部分，非老非少，非疾病非健康，确是不变的永恒。在这一瞬间，我仿佛跟脚下的大地，头顶的天空一样，已经脱离了依靠食物、空气才能存活的肉身。这伟大的转变是如此的完美和圆满，让以前凡夫俗子的记忆淡到仅仅成为只供对比的凭借。在这崭新的生命里，我们仿佛已永恒不朽。

透过松林间的一片草地，我能望见约塞米蒂上默塞德河源头附近的雪峰。在蓝天的背景下，雪峰的轮廓清晰得仿佛近在眼前，它们甚至像是镶嵌在了蓝天里一样，被浸染上了天空之蓝。我强烈地感受到雪峰向我发出的邀请！我真的能靠近它们么？我愿日夜祈祷达成心

白花仙灯百合

愿，但却不敢奢望美梦成真。真正的贤德之人必定能去到那里，完成神圣的使命，而我情愿成为这圣洁大自然谦卑的奴仆，在这让人心生爱意的群山间流连忘返。

在科尔特维尔附近一个庇荫处的丛状田下蓟灌木丛中，我发现了一株白花仙灯百合和智利铁线蕨。这株百合通体洁白，仅仅在花瓣根部晕染了一丝淡淡的紫色，这如冰晶般纯洁的美丽花朵，就如人人爱慕的花中仙子一般，每次露面，她的圣洁便增添一分。即使最粗野的登山者，在她面前也会变得彬彬有礼。即使再空虚的世界，有了它也会显得丰富多彩。有这样一位花之仙子伫立在路边，我想要拔腿赶上那云朵般的羊群，可谓难之又难。

下午我们经过了一片被松林围绕的美好草坪，松林里主要是西黄松，也时不时地有挺拔的兰伯氏松出现。后者的树冠如羽翼般伸展开，比西黄松的塔状树冠高出一大截，它的松果有十五到二十英寸长，像流苏般垂挂在身形壮美的树梢上，仿佛是特地定制的装饰。我在格里利锯木场见到了一些兰伯氏松的木材，就像从车床加工出来的一样，又圆又规则，只有在底部有一些砍伐后留下的不规则突起。糖浆般的树脂散发出的香味弥漫在锯木场和伐木场的上空。松树下洒满了细长的松针和巨大的松果。附近松鼠在大餐之后，在树脚边留下一堆堆的松果鳞片、种翅和果壳。松鼠们总是从松果底部的鳞片处下口，吃到每个鳞片下的两颗松子，然后沿着天然的螺旋走向往上啃，直到把整个松果的一两百粒松子都送到胃里，才结束这一顿饱餐。在啃食西黄松和其他同属松树的果实时，道格拉斯松鼠一般会背靠大树坐着——我想是出于安全考虑吧——然后把松果倒立，一边旋转松果一边往下啃。很神奇的是，这些松鼠啃松果时从来不会把自己的身上、爪子上和胡须上弄上黏稠的树脂，反而是留下一堆整洁而色彩靓丽的松果厨余垃圾。

现在我们在朝着流淌着清凉溪流的云中王国进发。中午时分，约塞米蒂地区的上空出现了壮丽的堆积云，就像悬浮的喷泉，洗净了广阔的荒野，又如云中山岳，有溪水流经珍珠般的山峰峡谷，有清凉雨水和阴凉庇佑的大地。地上岩石雕琢的形象千变万化，却也丝毫不能与这空中的奇景相媲美。云朵形成的山峰与穹顶渐渐升高、慢慢膨胀，洁白如最纯净的大理石，而且棱角分明，可谓世间最宏伟壮观的建筑。每片飘过的积雨云，即使转瞬而逝，也都留下痕迹，花草树木的脉搏为之加速，溪流湖泊的水位为之丰盈，就连岩石表面都留有它们的印记，只是人类的眼睛不一定能看清。

自从在马蹄湾第一次见到丛状田下蓟之后，我就一直在研究这种奇特且有生命力的灌木。在科尔特维尔附近第二高原的低处斜坡上，这种灌木非常丰茂，它们生长得几乎密不透风，从远处看去就像一片黑暗的阴影。它属于蔷薇属，约六到八英尺高，开白色的小花，总状花序排列的花瓣约有八到十二英寸长，叶子呈圆针状，浅红色的树皮在老去后会渐渐破裂开来。它们通常生长在向阳的坡地，和野草一样经常被山火烧得一干二净，但很快又能破土重长。若有其他树种和它们生长在一起，经年累月之后大都会被肆虐的山火吞噬，而丛状田下蓟总能死而复生，这便是它们能形成那密不透风而绵延广阔的灌木带的秘诀。少量的熊果灌木，以及因为有深埋于地底的球茎可以躲过山火的以酒神菊属、麻菀属为主的菊科植物和一些百合科植物，有幸和丛状田下蓟成为邻居。许多鸟类以及“身子小巧、毛色光滑、羞涩胆怯”的动物们都将家安在了灌木丛的深处。灌木丛地带边缘的空地和小径则是冬季在暴风雪中被迫离开高原草场的鹿群栖息和觅食的去处。这是多么值得尊敬的一种植物啊！现在正值它们繁花盛开的季节，我喜欢在扣眼里别上一朵这香气袭人的花儿。

西洋杜鹃是另一种约塞米蒂海拔更高地区的迷人植物，生长在清凉的溪流旁。今天晚上，在格里利锯木场以上几英里处我们扎营的地方，我发现它们正在那里盛开。这种杜鹃跟杜鹃属非常接近，花朵夸张，香气浓郁。西洋杜鹃的生长环境里有树荫巨大的桤木、垂柳、蕨类的草地和叮咚的流水，这些环境因素加在一起，让我对这种植物是不爱也难啊！

我们今天还见到另一种针叶树——香肖楠。香肖楠树形巨大，扁平羽状的叶片是温暖的黄绿色，跟侧柏的叶片很像。它的树干则是肉桂色。老树的树干没有分枝，当阳光洒在树干上时，看上去就像闪闪发光的立柱，和树林里兰伯氏松、西黄松这样有君王风范的树木比起来也毫不逊色。这种树对我有一种奇怪的吸引力，它密实的棕色树干、小巧的鱼鳞状叶片都散发出迷人的香气，它那扁平羽状的叶片用来铺床一定很舒服，用来遮风挡雨也不错。雷雨来临时，躲在这样一棵高贵而好客的老树下，以它宽阔的枝叶当作帐篷，在树下点燃一堆枯枝，在这散发着香气的篝火旁，听着大风歌唱，这该是多么令人向往的场景啊！但今夜天气平静，我们还是只能和羊群一起扎营。目前我们已经靠近默塞德河的北汊了，夜风已经向我们吟诵着高山的诗篇：雪国的喷泉花园、森林果园……我们甚至能从风的语调中感受高山的地形。而天上的星星，如夜空中绽放的百合一般闪耀，比起在低地的时候，它们看起来明亮了许多。远处一片塔状的松树构成的高墙，勾勒出地平线的轮廓，在阳光的照耀下，这一棵接一棵的松树构成的清晰画面就像象形文字一样。多希望我能认识这些文字啊！营地旁的小溪轻轻地流经蕨类、百合和桤树，流水声就像是美妙的音符，不断地流进我们的耳朵。天际矗立的松树，则是献给我们眼睛的甜美歌谣。有这圣洁美景的陪伴，我仅需要面包和饮水就能永远生活在这里而不觉孤单；随着我对周遭一切爱得愈深，尽管我和亲爱的朋友和邻居之间相隔千山万水，但我们之间却似乎更近了。

六月七日

羊群昨天晚上因为吃了那该死的杜鹃花叶子染病了——至少牧羊人和“堂吉诃德”认为是杜鹃叶子的原因。直到现在它们中的一大部分还没恢复，几乎无法离开营地，还不停地咳嗽、呻吟，看上去真是既悲惨又可怜。自从离开平原之后，羊群几乎没有吃到什么草，所以饿慌了的羊儿们开始啃食路上见到的任何绿色植物。养羊人都把杜鹃称为“羊的毒药”，他们纳闷造物主在创造杜鹃的时候到底是怎么考虑的。由此可见养羊业现在已经是如何的盲目和退化了，因为我们从书本上得知，这一行业在过去的黄金时代被认为是能净化心灵的。加利福尼亚的养羊人非常急功近利追求利润，而且经常能够快速致富。现在草场是免费的，而且因为气候宜人，冬季既不需要储备粮草，也不需要搭建羊圈和谷仓。养一大群羊的花费也非常少，利润却很高，据说每隔一年投资进去的钱就能翻一倍。这种快速敛财导致的结果，就是变本加厉地追求利润。所以这些可怜的贪财奴眼里便只剩下羊毛，其他重要的东西却被他们忽视了。

至于牧羊人，对他而言情况是越来越差，尤其是在冬天他还得一个人住在小木屋里。尽管时不时被“未来能拥有自己的羊群，变得和老板一样富有”的希望所激励，但实际上他的生活状况按目前的情况发展是越来越差的。羊群所有权这件事情带来的尊严和益处——或者坏处，牧羊人是很少能够享受到的。就他的情况而言，牧羊人会堕落的原因是显而易见的：他在一年的大部分时间都是孤身一人，这种孤独是大部分人无法承受的；他几乎无法从阅读书本中得到思维的乐趣；每天晚上疲惫不堪地钻进他肮脏而破败的小棚屋，他找不到生命中能与苍茫宇宙平衡的东西。噢，不，在疲惫呆滞地跟着羊群走了一整天后，他得吃晚餐。很可能为了省事儿，他就随便找点东西果腹。也许因为没有烤好的面包，他就凑合用没有洗过的煎锅烙几张不那么卫生的烙饼，烧一壶茶，也许再煎几片已经变质的培根。橱柜里经常储存的有桃干或苹果干，但他又会嫌煮起来太麻烦了，于是胡乱咽下培根和烙饼，再靠烟草的麻痹带来点满足。接下来，就该上床睡觉了，当然他经常连白天穿着的衣服也懒得脱掉。无可置疑的是他的健康每况愈下，渐渐地影响到他的精神状态。在连续几个星期甚至几个月都见不到一个人的状态下，最终他会变得半疯半癫，甚至完全失去理智。

在苏格兰，牧羊人几乎只想从事牧羊这一行业。他可能出生在牧羊世家，所以和他的牧羊犬一样，从家族血统里继承了对这一事业的爱好和才华。他只需要看管一小群羊，经常可以见到家人和邻居，在天气晴好的时候，他还有空余时间可以阅读——他经常把书本带到田野里，一边读书一边和书里的国王们谈天说地。我从书里看到，东方的牧羊人给他们的羊都起了名字，他的羊群能认识他的声音并且跟着他的声音走。他的羊群应该是小而且好管理的，这样他才会有时间在山坡上吹笛子，并且有充足的悠闲时光用来阅读和思考。但是无论其他国家其他时期的牧羊人得到了上天怎样的恩赐，在我了解，加州的牧羊人没有一个是神智正常的。在世间无数的声音中，他们只听见羊群“咩咩”的叫声。如果能用心聆听，野狼“奇——伊”的嚎叫声也能很美好，但他们听所有的声音都是透过羊毛和羊肉的，外面再美好的大自然之声，对他们来说一点好处都没有。

羊群中毒的症状渐渐减轻了，牧羊人则滔滔不绝地讲着高原牧场有毒物质的故事：杜鹃、石南科植物、土壤里的碱。穿过默塞德河的北汊之后，我们朝着左边的派勒特峰（Pilot Peak）进发。我们沿着岩石崎岖、灌木丛生的山脊一直往上爬，到达了布朗平原（Brown's Flat），羊儿们也享受到离开平原后的第一顿肥美的野草大餐。德莱尼先生想在附近寻找一个长期营地，在这里待上几个星期。

正午之前我们就走过了鲍尔洞（Bower Cave）。这是个令人赏心悦目的大理石宫殿，不黑也不潮湿，反而因为大开的洞口朝着正南方而享受着阳光的照射。洞里有一个小而深的秀丽湖泊，岸边地面铺满苔藓，地上长着阔叶枫树。神奇的是这一切都在地下，这是我见过的洞穴中绝无仅有的，就连大部分的土地如蜂窝般密布着洞穴的肯塔基州，也不曾出现过这样的奇景。这种神奇的地下景观出现在从山脉北部一直延伸到南端的大理石带上。这条大理石带上有很多岩洞，但据我所知，这是唯一一个既有户外的阳光和植被，又有地下世界水晶般美景的岩洞。一个法国人宣称自己拥有这个洞穴的所有权，向所有进洞的人收取一美金的门票。他在洞的周围筑上了篱笆加上了铁锁，在湖里放了一叶小舟，还在布满苔藓的湖岸边的枫树下装上了凳子。因为鲍尔洞正好位于通往约塞米蒂峡谷的必经之路上，也算是约塞米蒂众多有趣的景点之一，所以每到夏天旅游旺季，就会有络绎不绝的游客前来参观。

西部毒栎既是灌木也是攀爬在树木和岩石上的爬藤植物，从丘陵地带到海拔三千英尺的地区都很容易见到。对旅行者来说，西部毒栎是个很令人头大的植物，因为它会使皮肤和眼睛红肿发炎。但西部毒栎却能和周边的植物和谐共存；经常有美丽的花儿信赖地攀附着它们，寻求保护与阴凉。我就经常发现一种奇特的藤蔓百合（丽韭属）毫无畏惧地沿着西部毒栎的枝桠攀爬，显示出融洽的友谊。羊儿们如果吃了西部毒栎，也不会有明显的不适，马虽然不喜欢这个味道，但食用后也不会有什么不良反应，而且对很多人来说，西部毒栎也是无害的。和大部分对人类无用的物种一样，它们也交不到什么朋友，经常有人盲目地问："为什么造物主创造它呢？"他们从来不想想，也许西部毒栎只是为它自己而生呢？

布朗平原是一个浅浅的肥沃山谷，在默塞德河北汊以及布尔溪（Bull Creek）的分水岭顶部。在这里不管朝哪个方向，都能看到壮丽的美景。极富冒险精神的先驱大卫·布朗曾经在这里扎营数年，把时间花在淘金和猎熊上。一个独行猎人在哪儿能找到更好的独居地呢？林间游戏、岩中金砂、空气清新、气氛欢乐，无论什么天气，空中云彩千变万化的颜色和形状都给人启迪。尽管老大卫和其他开拓者一样重视实际，但他对美丽景色却情有独钟。和大卫是老相识的德莱尼先生告诉我说，大卫非常喜欢攀上最高的山脊，眺望远方的森林、白雪覆盖的山峰和河流的源头；他还观察近处的山谷和峡谷，通过小屋和篝火上方的烟雾以及砍树的声音来判断哪些地方有工人正在采矿，哪些地方已经被荒废；当他听到来复枪的枪声时，还能猜测枪手是谁，是印第安人还是偷猎者在他广阔的领地上狩猎。大卫有一条叫山迪的狗随时随地跟着他，这个毛茸茸的小登山家很懂它尊敬的主人的心思，当然它也更爱主人枪口下的猎物。大卫猎鹿的时候，山迪不用干什么活儿，只需要慢慢地跟在主人后面穿过树林，小心翼翼地避免踩到干枯的树枝，在灌木丛间的空地里仔细搜寻，因为猎物们喜欢在清晨或者黄昏时分去那里觅食。每当到达一个新瞭望点的时候，山迪还会警觉地审视山脊和溪流边草地。每当猎熊的时候，山迪的重要性就体现出来了，毕竟他的主人大卫是大名鼎鼎的猎熊人哪！德莱尼先生曾经和大卫在他的小屋里一起度过了许多夜晚，所以听到了很多猎熊的故事。大卫的猎熊方法很简单：他缓慢而悄无声息地穿过熊出没的牧场，身边只带着狗、来复枪和几磅面粉。一旦他发现熊留下的新鲜印记，他就不计时间地一直跟下去，不把猎物打死不罢休。无论熊去到哪里，他都能在小山迪灵敏的鼻子的带领下，一直跟着熊走，即使经过的地形再崎岖也不放弃。在到达高处的开阔地带后，他们就仔仔细细地搜索熊的藏身之处。猎人们可以根据季节的不同来大致判断熊的出没地——春季和初夏时节，熊喜欢在溪流河畔的开阔地和土地松软的地方吃青草、苜蓿和羽扇豆，或者在干草地上享受草莓大餐；夏末的时候熊就喜欢在干燥的山脊上寻找熊果灌木的莓果吃，它们蹲在地上，用爪子把缀满果实的树枝拢在一起送进嘴里，把莓果连着枝桠、树叶塞满它的大嘴；在深秋的小阳春时分，熊经常出现在松树下嚼被松鼠啃落在地上的松果，有时还会爬到树上咬断带着果实的树枝；在橡子成熟的晚秋，熊最喜爱的“食堂”就在峡谷平原上公园般的加利福尼亚橡树下。精明的猎人都知道该到哪儿去找熊，那种守株待兔靠运气遇到熊的事情不太可能发生。当各种迹象表明猎物近在咫尺时，猎人通常会保持原地不动待上一段时间，仔细地观察周遭错综复杂的地形和植被分布，以确定这个毛茸茸的猎物身在何处，或者至少是最可能出现在什么地方。

猎人说：“无论哪次，只要是我在熊注意到我们之前发现了它，它就逃不出我的手掌心。我事先研究好地形，即使绕远路也要站在下风处，然后慢慢到距离猎物几百码远的地方找一棵我能轻易爬上的树，但这棵树一定不能粗壮到能够承受熊的体重。接下来我要检查来复枪，脱掉靴子，这样在必要的时候能方便爬树，然后就等着熊转到我能确定让它一枪毙命或者至少打成重伤的射击范围内。如果熊反击的话，我能轻易爬到树上逃出它的攻击范围。不过熊很笨拙而且眼神不好，我站在它们下风向的话，经常能够在它们注意到枪的硝烟味道之前就连开两枪。通常它们会在受伤后逃走藏在灌木丛里。我会等到它们逃上一段时间后，再继续追踪，有山迪在，肯定能找到这只刚死掉的熊。如果熊还没死，山迪会大叫着引开熊的注意力，有时甚至冲过去咬一口，这样我就能够来到安全距离里补上最后一枪。对啊，如果遵循安全原则，猎熊也不是件危险的事情呢。当然和其他任何事一样，意外总会发生，我的小狗和我也曾经死里逃生。一般情况下熊都会躲着人，但如果是一只带着幼崽的成熟、精干又饥饿的母熊，我认为，它是会抓住人并且把人活生生地吃掉的。既然我们吃熊，这种情况也算是公平吧。不过据我所知这一带没有人遇到过葬身熊腹的惨剧。”

我们到达的时候，布朗已经离开了他的山间小屋，不过为数不少的迪格尔印第安人仍然住在他们位于平原边缘地带上用雪松树干搭成的小屋。他们最初就是因为受这位白人猎人的吸引才开始定居在这里的，他们尊敬他，希望能从他那里得到指导和保护，帮助他们对抗敌人——派尤特印第安人。派尤特族人经常从山脊的东面

默塞德河北汊上的营地

发起突袭，掠夺相对富足的迪格尔族人储存的食品、掳走他们的妻子。

六月八日

享受着丰盛青草的羊群，温顺地一路吃着草地来到了默塞德河北段的山谷。这个山谷位于派勒特峰脚下，是个风景如画的漏斗形山谷，由河流弯道处的斜坡形成，这是“堂吉诃德”为我们选择的第一个大本营。在河岸的树荫下，我们整理出锅瓢碗盏和生活物资，按照每人不同的喜好，用蕨类植物的叶子、雪松的针叶以及各种花朵铺成床，并在后面的平地上为羊群搭了一个畜栏。

六月九日

昨夜，在大山中心，在大树和星光下，在瀑布低沉的流水声和无数细微甜美而平静安抚的声音中，我们睡得多沉啊！我们第一个真正的山中一日，温暖平静、万里无云，仿佛时间没有尽头，荒野无比平静。我几乎无法回忆起它是何时开始的。河岸边，山丘上，土地里，天空中，春天的生命力在欢乐地生长，新生命、新美景在春风中慢慢舒展开，形成一片欣欣向荣的繁茂景致：鸟巢中新生的幼崽，天空中刚学会飞翔的鸟儿，枝桠上新开的花朵新发的绿叶，这一切在扩张，在闪耀，在每个角落欢欣雀跃。

营地附近的树生长得很密，浓密的树荫下，蕨类和百合有足够的生长空间。而河岸背后阳光直射到地面，成就了大量青草和各种野花的繁盛。长得很高的雀麦像竹子一样在风中摇摆，星罗棋布的菊科、美国薄荷科、蝴蝶百合、羽扇豆、吉利属、紫罗兰等都在和煦的阳光下生长。很快所有蕨类植物的叶子都将伸展开，凤尾蕨、狗脊蕨在河岸边铺开一片，旱蕨属和碎米蕨属则在阳光照射到的岩石上丛丛耸立。有些狗脊蕨的叶子已经长到了六英尺高。

一种可爱的蔷薇科小灌木在兰伯氏松树下像一张黄绿色的毯子一样铺开，绵延几英里没有中断，也没有混进其他植物。只有华盛顿百合偶尔从其平整的表面上探出头来，或是一两丛雀麦像装饰品一样点缀其中。这种像上好的毛毯一样的灌木从海拔两千五百到三千英尺左右的地方开始出现，一般长到齐膝高，枝桠呈黄色，最大的枝干直径也只有半英寸。三瓣羽状的叶片为浅黄绿色，轮廓清晰，看上去很像蕨类，叶片上分布有极小的腺体，能分泌蜡和一种特殊的香气，与松树散发出的气味融合在一起，沁人心脾。它开白色的小花，直径约有八分之五英寸，看上去有些像草莓的花。我很喜欢这种小灌木。在此处的山间，它是唯一的一种毯状灌木。而熊果、美洲茶和绝大部分的美洲茶属灌木都长得像破毛毡一样，边缘参差不齐，完全称不上是细密的地毯。

也许是因为四周都被山丘包围着，羊群似乎并不是很喜欢这片新牧场。它们躁动不安。昨夜时有熊和野狼的叫声传来，仿佛是想分得这锅羊肉中的一块，这可把羊群给吓坏了。

六月十日

天气非常暖和。我们从河上一个美丽如画的瀑布脚下取水运回营地，那里的河水被冲击滚动，但又不至于被搅出浑浊的泡沫。这里的岩石是黑色的变质页岩，被河水冲刷成光滑的圆球，与瀑布泻下的灰白色水流形成鲜明对比。那瀑布清透的水流从岩壁上飞落，织成一幅美丽的蕾丝，最后被编织进翻滚的波浪里。一丛丛的莎草长在水流中光滑的石头上，伸出水面形成一种很迷人的效果：它们细长而有弹性的叶子向各个方向弯曲垂下，最长的几枝能够触到水面，把原本被岩石撞开的水流分成细细的线条，这水流形成的线条遂与莎草一起谱成了溪流欢乐的乐章。不仅如此，高大的雨伞草也牢牢地长在河中的岩石小岛上，自豪地展示着它们宽阔的像圆伞一样的叶子。它们有时独自生长，有时与莎草长在一块儿。雨伞草开紫色的花，高耸的花儿长有腺体，常常在叶片长出之前就盛开了。肉状根部牢牢地抓住岩石的缝隙和空洞，使得雨伞草即使在不时袭来的洪流中也能站住脚跟——这可是大自然为了让这清凉透明的溪流更加美丽而特地创造出的有趣物种呢！我们的营地附近，树木高耸，枝桠跨过整个河流，形成一个透着光线的叶子隧道，生机勃勃的年轻河流则吟唱着欢乐的歌谣，穿流其下。

中午时分，内华达山脉的高处传来隆隆雷声，大块的白色积雨云从松林后慢慢升起。

六月十一日

在默塞德河东边支流上，我发现了一些非常迷人的小瀑布，瀑布下面还各有一个小池塘。白色的水流冲击而下，几丛灌木和苔属植物从岩壁上斜斜地垂下来，和池塘边肥沃的泥土上，长着一簇簇美丽的橙色百合。

距离我们的营地附近已经没有足够的大片草地或长草的平地来满足这上千只不停啃食的羊的胃口了。它们主要以山间的鼠季灌木、一片片草地以及阳光充沛的地方生长在花朵之间的那些羽扇豆和豆荚为食。大片的草地已经被吃光，所以饥饿的羊群可怜兮兮地被迫分散寻找食物，牧羊人和牧羊犬竭尽全力地奔跑才能把羊群赶

一条森林里的小溪

在可控范围内。德莱尼先生已经带着印第安人和中国人回平原去了，走之前交代说他会尽快回来，所以我们目前只需让羊群在这附近停留，直至他返回。

天气真好！我想象中的天界也不过如此。风儿真轻！我感受到最轻柔的风也不过如此。这轻风就像是大自然的呼吸，对着万物生灵轻吟着平静之歌。在我们扎营的小山谷里，不见树梢拂动，甚至几乎不见树叶摆动。那高耸在细细枝干上的百合，能被最轻微的风吹动，但此时却没有一枝百合在花枝上摇摆。这些百合的花苞是多么的壮观！有些甚至大到可以做小孩的帽子了。我一直在画这些百合的素描，很享受地描绘它们宽阔而闪耀的轮状叶片和散布着斑点的弯曲花瓣。我无法想象有任何一个花园能打理得比这里更美丽。这种百合叫豹斑百合，有五到六英尺高，轮状叶片有一英尺宽，亮橙色的花朵约六英寸宽，花喉里有紫色的斑点，花瓣向外翻卷。这真是一种高贵美丽的花朵。

六月十二日

今天下了一阵小雨，雨点大颗但稀疏。雨滴热情地拍打在叶片上，飞溅在岩石上，流淌进花儿张开的嘴巴里。东方升起了积雨云，珍珠色的云彩美丽无双。天上流动的云彩和地下隆起的岩石和谐辉映。这些云朵就像天空中坚实的大山，轮廓清晰，完美地勾勒出它们千姿百态的“地形”。我还从没见过造型和质地都如此结实的云彩。几乎每天快到中午的时候，它们就在空中飞快地生长，就像一个世界在眼前新生。它们带着爱意在花园和森林上空盘旋，带来舒爽的阴凉和雨滴，滋润每个花瓣每片树叶以健康快乐地生长。甚至可以设想这些云本身就是植物，在阳光照射下如沐春风般醒来，越长越美丽，直到盛开后，像莓果和种子一样散落成雨滴和冰雹，最后干枯死去。

黄鳞栎生长在从这里直到往上一千英尺的地区，长得很像佛罗里达栎树，不仅从树叶、树干和枝桠广阔的外形上非常类似，就连它坚硬、多结且不易砍开的木质都一样。黄鳞栎多形单影只地独自生长，以便为自己伸展枝桠留下广阔的空间。最大的黄鳞栎接近地面处的树干直径能达到七八英尺，高达六十英尺，顶端的宽度几乎和树高一样。树叶小巧且没有分叉，大部分也没有叶

黄鳞栎，直径八英尺

齿和波浪形的边缘，不过一些嫩叶会有锋利的锯齿，这两种叶片能在同一棵树上出现。黄鳞栎的果实尺寸中等，壳斗的部分很浅，果肉被厚厚的果壳包裹，外表还有金色的小绒毛。有些黄鳞栎几乎没有主干，从地面开始就分成粗壮且四处延展的枝干，这些枝干不断再分支出去，最后形成长条形，像电线一样垂下的枝条，很多甚至垂到地面。而那些密实短小多叶的枝条，则在树顶形成圆形树冠，当阳光倾洒下来的时候，看上去就像一片大大的积雨云。

在营地附近炎热的山脚下发现的罂粟木也非常引人

注目，是罂粟科植物中我唯一见过的木本植物。它的花朵是亮橙黄色，大概一到两英寸宽，结出的种荚三到四英寸长，形状细长而弯曲，灌木丛大约有四英尺高，由很多从根部发散生长的细长、直立的枝条构成，与熊果等一些喜阳光的灌木生长在一起。

六月十三日

今天是我在山间度过的又一个灿烂日子。我仿佛被融化、吸收，我生命的脉搏跳动着去了我也无法知晓的地方。生命似乎已经无所谓长短，我们仿佛和树木星辰一样，不着急赶时间。这才是真正的自由，一种实质上的永生。一片苍白的大地又在远处升起，西黄松塔顶似的树冠和兰伯氏松手掌般的树顶，在白色的穹顶上被清晰地勾勒出来。听！轰隆隆的惊雷从一个山脊翻滚到另一个山脊，接着大雨如期而至。

不少草本植物从平原一直蔓延生长到这里，它们目前正值花期，比低地处要晚了两个月。今天我发现了一些耧斗菜。大多数的蕨类正在繁盛时期，碎米蕨属、旱蕨属、裸子蕨等岩石蕨类在山坡的向阳面；狗脊蕨属、毛蕨属、岩蕨属等长在河岸边；还有一种在沙洲上常见的凤尾蕨属。这种凤尾蕨属虽然常见，但却显示出强大、热情、茁壮的生命之美，让植物学家们崇敬不已。我丈量了一些成熟的枝干，居然有七英尺高。尽管这是所有蕨类中最常见、分布最广的一种，但我却好像从未见过它们。它们宽阔的叶子高高地生长在光滑强壮且密实的枝干上，纵横交错形成了一个完整的天花板，人可以在下面直立行走好几英亩而不被发现。阳光从这有生命的天花板上透过，显得温柔而可爱，照射在叶片的脉络上，构成无数灰绿色和黄色玻璃镶嵌成的美丽的画面，这就是最常见的蕨类植物创造出的童话梦境。

小型动物仿佛在热带雨林中一般地穿梭其中。我目睹整群羊从这蕨类植物丛的一边消失，在几百码外的另一边出现，我仅仅能从叶片的摇摆颤动中判断羊群的行进过程。很神奇的是，羊群穿过之后，这些蕨类强壮的木本枝干几乎完好无损。我在最高的叶片下坐了很久，发现自己十分享受这宽阔叶片带来的阴凉。一叶遮体，浑然遁世，自由与美丽鱼贯而入。山顶松林的摇摆，就像大自然的魔杖，每个虔诚的登山者都深知它的力量；

但这被苏格兰人称为宁静山谷之蕨的美丽景色，却没有哪个诗人吟诵过。无论多么小心的人，也无法挣脱这些神圣的蕨类森林的影响。但我今天却看见一个牧羊人就像一只羊一样毫无知觉地穿过其间。“你觉得这些蕨类怎么样？”我问他。“它们就是，呃，一些大的障碍物。”他回答说。

性情、种类、颜色各不相同的蜥蜴居住在这里，和鸟儿、松鼠们和谐快乐地生活在一起。这些谦逊、温和的平凡动物，在上帝的阳光下尽全力地生存着，我很享受于观察它们工作嬉戏。它们真是让人越看越喜欢，越对它们着迷，就越会不能自拔地长时间凝视着它们美丽无邪的眼睛。它们很容易被驯服，看着它们轻快地在滚烫的岩石上奔跑，如蜻蜓般迅速的移动，人们很快就会爱上这些小生灵。但是它们很少长时间地奔跑，常常是在跑到十一英尺左右的距离时就突然停下来，过一会又猛地开始移动，它的整个动作就像是快速、迅猛的冲刺。它们这么频繁地休息是很有必要的，因为我发现它们的呼吸很短暂，如果被长时间追逐，它们就会喘不过气来，只能可怜巴巴地大口呼吸，这时它们就很容易被捕获。它们身体长度的一大半都被尾巴占据，不过这些尾巴可不一般，它们被控制得很好，不会沉重地被拖在身后，也不会因为很难移动而卷曲起来；相反，尾巴像有自己的意识一样，跟随着身体敏捷移动。有一些蜥蜴有着天空般的色彩，像蓝色知更鸟一样绚丽，也有一些像它们晒太阳和猎食时身下长满青苔的岩石一样灰暗。平原上的角蜥也是一种温和、无害的生物，这些像蛇一样的动物有着跟蛇完全相同的曲线移动模式，它们那弱小、发育不全的四肢则像无用的装饰品一样被拖着走。我曾近距离观察过一只十四英寸长的角蜥，像蛇一样光滑，轻松、优雅地滑动，完全用不上它那柔弱无力的四肢。有一只布满尘土的灰色小东西就像认识我一样，在我的脚边跑动，还好奇地盯着我的眼睛。卡罗一直看着它，还伸出爪子扑了一下，但我认为它仅仅是为了好玩而已。但小蜥蜴却飞快地从它爪下逃走，直到安全地躲在一丛灌木下面。温驯的蜥蜴，古老而强大的物种的后裔，愿上天保佑你，让你的美德彰显于世间。因为至今很少有人能够认识到覆盖在你们身上的鳞片，也能像羽毛、毛发和衣服一样温柔可爱。

乳齿象和大象曾经在并不遥远的地质年代前居住在这里，因为淘金沙的矿工们经常发现它们的化石。目前至少有两个种类的熊在这里栖息，此外还有加州狮或美洲豹、野猫、狼、狐狸、蛇、蝎子、黄蜂和狼蛛等，不过有时候，真的忍不住会认为那身体小小而野性十足的黑蚁才是这苍茫山野的主人。这些勇敢无畏、不眠不休、四处游荡的小恶魔，尽管只拥有不到四分之一英寸长的身体，却是我见过的最好战的动物。在我看来，它们经常毫无理由地攻击巢穴附近的一切活物。像冰钩一样弯曲的下颌占据了它们身体的一大部分，所以为这个武器找到活靶子成了它们最大的生活目标和乐趣。黑蚁的窝一般都筑在活着的橡树上腐朽或者中空的部分，这种选择估计是为了抵御暴风雨和其他动物的攻击。它们日以继夜地工作，潜入黑暗的巢穴，爬上高高的树枝、在寒冷的深谷游荡、在炙热的山脊狩猎，它们为自己开拓的大路小道覆盖除了天空和水的一切地方。从山丘到海平面以上一英里的地区，任何风吹草动都逃不出它们的眼睛；一旦有警报，会飞快地在蚁群中传递，我们人类却听不到任何的嚎叫和呐喊。我实在无法理解它们性格中的好战因子，因为这的确不合逻辑。毫无疑问，有时候它们是为了保卫自己的家园而作战，但很多时候，它们完全是无论何时无论何地地撕咬见到的一切东西。一旦人类或动物身上出现任何弱点，它们就会倒立将下颌部伸进去撕咬，即使身体被撕裂成两半，它们也毫不松口，甚至咬得更紧，至死不休。每当我凝视这种分布很广、强悍勇猛的生物时，我就会觉得在让爱与和平的规则全面降临这个世界之前，还有很多事要做啊。

几分钟前，我在通往营地的路上见到一棵死去的松树，直径有将近十英尺。这棵松树从头到尾被火烧焦了，所以看上去像一根巨大的黑色石柱做成的纪念碑。一大群乌黑的蚂蚁就把这棵大树占据为巢了，它们辛勤地在树干里凿开了通道和小穴，不管遇到的木头是完整的还是已经腐朽的都一律咬开。从树下堆积的像锯木屑一样的木头渣的分量来看，这棵树中间已经被掏空成蜂窝状了。它们似乎比它们身体更小、体味浓重而且好战的同类更有礼貌些，但是在需要战斗时还是能很快投入其中。它们的城堡都选择建在死去的树木里，有的倒在地上，有的还保持直立，那些生机勃勃的树干或者地底都不是它们筑巢的地方。当你坐在旁边休息或者是写个笔记，一定会有在外面巡视的蚂蚁发现你，它们会走近观察这个入侵者的目的，然后决定采取什么措施。如果你坐在稍远处而且保持平静不动，它们会在你脚边来回跑几次，爬上你的手脚和脸，攀上你的裤子，就好像在测量你的大小，得到一个完整的概念后，会放松警惕安静地离开。但是如果发现你身上有吸引它们的地方，或者你采取了令他们怀疑的举动，就会被它们大咬一口。哎呀，这一口啊，我认为即使被熊或者狼咬上一口也不能与此相比。在这股电流般火热的疼痛感飞快地穿过受刺激的神经时，你才会真正体会到你身体的感知能力有多强。在剧烈的疼痛引起的短暂失神后，你才会回过神来发出一声尖叫，伸手想去抓到这只蚂蚁，却在落空后迷茫地望着它。幸运的是，如果处事小心，你这一辈子也就最多被咬上一两次。这种神奇的带电蚂蚁大约有四分之三英寸长，是熊最喜欢的食物之一。熊会把蚂蚁窝撕咬成碎片，然后将一顿带着酸辣味道的混着蚁蛋、幼蚁、成年蚁以及构成蚁窝的腐朽或完整的木头的大餐一股脑儿塞进嘴里。有经验的登山者告诉我，迪格尔印第安人也很喜欢食用幼蚁甚至成年蚁。他们把蚁头咬掉吐出去，然后津津有味地享用那酸酸的蚁身。这时，可怜的咬人蚂蚁反而被吃掉了。可怜的吞啮者最后成了被吞啮者，这样的例子，在自然的这个大家庭里，可真是层出不穷。

还有一种身形中等，处于上述两者之间的红色蚂蚁，它们外表不俗，活跃好动，而且看上去挺聪明的。它们四处游走，把一大堆种子的硬壳、树叶、小树枝等搬运回去堆在蚁巢上方。它们的食物来源主要是小昆虫、叶片、种子和树汁。有多少张嘴需要大自然来养活啊，我们有多少邻居啊，但我们对他们真是知之甚少，而且很少打交道。再想想还有数量巨大的更小的生物，和它们相比，最小的蚂蚁都像乳齿象那么巨大。

六月十四日

附近的瀑布和瀑布下面的小水潭，都是向下奔流的水流的产物，它们不仅清澈透底，里面连一丝岩屑都没有。水流中携带的重一些的物质，都被甩出瀑布，堆积到水潭前面形成了一个水坝，再加上天然的侵蚀，水潭的面积就越来越大。在春季的洪水时期，也会有突发的状况影响这里的地质状况，因为上游融化的雪水会咆哮着冲下来，水坝就会被堆成小丘。那些掉进水道的卵石，在夏季和冬季平静的水流中无法被移动，这时就像被扫帚扫过一样，从瀑布上掉入水池，与原有的堤坝一起构成了一个新的堤坝。另外一些稍小的卵石则被冲到更下游，因形状大小不同而分布在各处，停留在水流的冲力小于自身阻力的地方。但对这个瀑布、水潭和堤坝构成的链锁影响最大的并不是普通的春季洪水，而是不定期发生的大洪流。这种洪流可以将一切能移动的物体冲走、在水流中跳跃起舞，开始一段神奇的旅程。洪水冲击留下的卵石滩上的树木可以证实上一次大洪流的时间已经过去至少一个世纪了。这种大洪流有可能在夏季发生，因为夏天有突发的大暴雨。这种大暴雨覆盖范围很广，无数小溪流汇聚到水势迅涨的主流中，冲刷过陡峭的溪道，形成具有巨大搬运能力的洪流，但其生命却很短暂。

一块被一场古老的洪流冲来的大卵石稳稳地站在溪流中间，在距离我们营地最近的瀑布水池的下缘。这是一块近似立方体的花岗岩，约有八英尺高，顶部和侧面最高水位以上都覆盖着长绒般的苔藓。今天我爬到它的顶上，这似乎是我能找到的最浪漫的躺着晒太阳的地方。这块覆盖着青苔的大石稳固坚定地矗立在瀑布面前，就像一个圣坛，沐浴在瀑布细微的水雾里，刚好让苔藓保持鲜绿。石头下面的绿色水潭清可见底，水滴溅起丰富的泡沫。包围了水潭半圈的百合像一群仰慕者一样向前倾斜着，开花的山茱萸和桤木形成拱形的穹顶，筛子般透过一缕缕阳光。在这片清透的绿叶天花板下是多么让心灵抚慰的凉爽啊，这水的交响曲又是多么的动听啊：瀑布水流的低音，飞溅的水流拍打出的叮叮声，还有水流经过鹅卵石小岛拍打发出的不同音调的碎杂低音，还有经过长满蕨类植物的溪流时发出更细微的声响。这些全都发生在这个空间里，这些细小的音素互相作用融合，就像发生在一个安静的小房间里。这里就像一个圣地，让人觉得能亲近上帝。

天黑之后，营地里大家都休息了，我摸索着回到这块祭坛石上，度过漫漫长夜。水流在下，树叶和星辰在上，一切比白天的时候更打动人心。瀑布白得仿佛在发光，庄重而热烈地吟唱着大自然的老情歌。星光透过叶幕照耀进来，仿佛是想加入瀑布的和声。这珍贵的日与夜啊，注定将在我心中永存。感谢上帝赐予我这不朽的礼物。

六月十五日

又是一个万物复苏的清晨。阳光毫不吝惜地洒在绵延的山坡上，照射在苏醒的松树上，让每根松针都欢快起来，让每个生命都愉悦无比。知更鸟在桤木和枫树的树冠上歌唱，这首古老的歌曲在我们这片被庇佑的土地上，曾经滋润着数不清的季节变换。无论在这片山中谷地，还是在农场果园里，都是它们舒适的家乡。黄鹂和路易斯安那唐纳雀也把家安在这里，它们的邻居里还有很多鸣叫和歌唱都很动听的小鸟儿，在巢穴附近忙碌着。

今天又发现一株黄鳞栎，直径约有六英尺，还有一株直径七英尺的道格拉斯冷杉，另外还有一株藤蔓百合，它的茎有八英尺长，足足开了六十朵玫瑰色的花朵。

兰伯氏松的球果呈圆筒状，在两头略显锥形，底部浑圆。今天发现了一个将近二十四英寸长、直径六英寸的鳞片张开的松果。另外还有一个有十九英寸长。如果生长位置良好，兰伯氏松的成熟松果平均长度约有十八英寸。在海拔约两千五百英尺的植被带的边缘，松果一般要小一些，大约一英尺到十五英寸长，在海拔七千英尺以上直到它在约塞米蒂栖息地的极限，它们差不多一样大。这种优雅的树简直是一本读不完的书，一个取之不尽的快乐之源。它那流苏状的大松果、一百多英尺高毫无分叉的正圆形树干、优雅的紫色树皮、华丽的向外扩张向下弯曲的羽毛般密实的枝叶，形成一个让人兴奋不已的华盖……这一切，让我百看不厌。它的生长习性和外表看上去有些像棕榈树，但我所见过的棕榈树中，从没有像它这样从形状到神态都如此雄伟的。无论是在阳光下安静地沉思，还是在暴风雨中摇摆颤抖着每一根松针，它都显示出惊人的美丽。树龄年轻的兰伯氏松和其他的针叶树一样，身躯挺直、外形规则，但一旦树龄达到五十到一百年，它们就开始长出自己独特的特征了，因此在繁盛时期和老年时期的兰伯氏松，几乎是没有两棵一样的。每一棵松树都赢得属于它自己的仰慕。我为

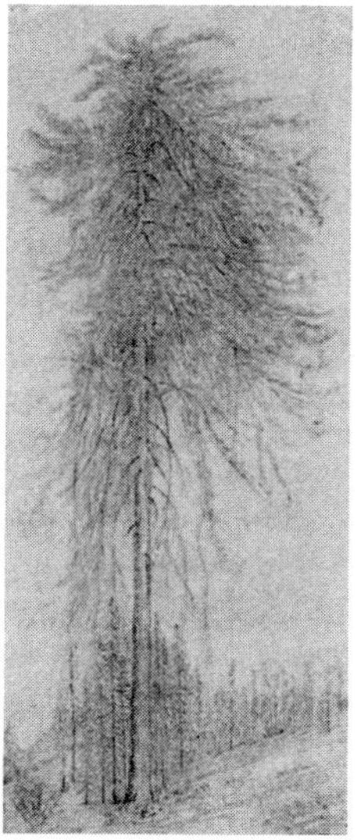

兰伯氏松

它们画了不少的素描，但还是遗憾自己不能把每一根松针都展现在画纸上。据说最高的兰伯氏松能达到三百英尺高，但我所见过最高的大约只有两百四十英尺。这棵最大的松树近地处的树干直径约有十英尺，我还听说有的达到十二甚至十五英尺的。树干到很高处的直径仍然很粗，所以看上去从下到上变化很小。和它长在一起的西黄松也差不多有这么粗，长长的银色枝叶在树干顶端和朝上生长的树枝顶端形成圆柱状的毛刷，当风从一定角度吹过树枝时，所有的松针都朝一个方向倾斜，让每棵西黄松看上去都像是吐着白色火舌的太阳风。这种闪耀的物种真该改名叫银松。它们的松针有时长得超过一英尺长，就像佛罗里达的长针松一样。但尽管从大小上西黄松和兰伯氏松差不多，而且其坚韧度还超过后者，它的外形和习性却远不如兰伯氏松那么引人注目。它长着普通的圆塔形树冠，相对而言小巧的松果紧紧地挤在松针之间。如果没有兰伯氏松的话，西黄松或许可以成为八九十种松树中的王者，在其闪耀、摇摆、崇拜着的同类中脱颖而出。就算它们仅仅是机械般雕刻出来的作品，它们的高贵气质仍然有目共睹。它们的每根纤维、每个细胞都是如此充满生机地悸动着、摇摆着、扩展着，它们巨大而闪闪发光的树干——这些植物王国中绝对的王者，在上帝的注目下雄伟地屹立了数个世纪，被一代又一代人敬仰、爱慕和崇拜着。在这个地区和更高的高地，还有很多闪耀的富含树脂的树种生活着，如羽杉、道格拉斯冷杉、冷银杉、红杉等。在这上天庇佑的大山，我们获得了多么丰厚的遗产啊！其中这片树林，正是最引人注目的宝藏。

兰伯氏松，图中左边一株

太阳落山了。西边缤纷的色彩让万物都有了不同的风貌。派勒特峰山脊上的树静静地沉思着，与太阳默默道别，庄严肃穆的气氛，仿佛它们与太阳将不能再相见。白日淡出，色彩的魔法被打破了，星光下的树林在夜风中自由地呼吸着。

六月十六日

布朗平原上的一个印第安人今天无声无息地出现在营地里，竟然没人察觉。我正坐在一块石头上翻阅我的笔记和素描，偶然抬头一看，不想发现他沉默地站在离我几步远的地方，一言不发。他就像一棵已经屹立了几个世纪的老树一样，满身风雪沧桑，岿然不动。好像所有的印第安人都会隐身前行这招，就像我在这里见过的一些蜘蛛，一旦有任何风吹草动，例如有小鸟闯进了它们搭网的灌木丛，它们就闪电般地在弹性的蛛丝上弹跳行动，快得只能看见一个模糊的影子。印第安人隐藏踪迹的本领很强，即使在毫无遮蔽的地方也能不被发觉，这种能力应该是在他们长期的艰苦狩猎和战斗中获得的，因为他们需要出其不意地接近猎物、攻击敌人，或者在必须撤退的时候迅速安全地离开。而这种生存经验经过无数代的传递，已经融入其血脉，成为所谓的本能了。

我们周遭的大山的表面，是如此的光滑，看不到一点变化。除了溪流旁边的小空地、森林植被稀少处和空地，在没有羊群出没的地方，几乎看不到任何足迹。在这些开阔地块最光滑的地方，有可能发现鹿的踪迹，甚至还有熊的大脚印，与一些小动物的脚印交错在一起，就像某种轻盈的刺绣或者编织品。沿着主要的山脊和河的主要支流，能发现一些印第安人的小径，但是它们非常不明显，不是太容易分辨。印第安人在这里的丛林里穿梭了多长时间几乎没人知道，可能有好多个世纪了，远远早于哥伦布到达这片土地，但很神奇的是他们居然没有留下什么明显的痕迹。印第安人行动轻柔，他们对周遭环境的破坏甚微，几乎和小鸟、松鼠差不多；他们用树枝和树皮搭建的小屋的使用寿命，和森林鼠搭的窝差不多，而他们更持久的纪念物，除了为扩大狩猎地而对森林进行的焚烧外，都在几个世纪的时间流逝中慢慢消失了。

这和白种人的行为方式是如此迥异，特别是在低处掘金地带，人们在坚硬的岩石间炸出道路，用水坝拦住溪流，改变原始的河道，使其沿着河谷和山谷流下为金矿所利用，成为人类的奴役。溪水在长长的空中支架上流动，像踩着高跷一样跨过一个个山脊，或者被囚禁在金属管道里，被迫在山谷小丘间上上下下，将小丘冲平，把数公里长的山体表面冲走，将每个有金矿的山脉和平原冲刷得体无完肤。在狂热的几年间，白人就在这片土地上留下了如此多的创伤，还不算锯木场、田地、村庄等，散布在山脉侧翼绵延数百英里的地区。这些痕迹要花多长的时间才能被抹去啊，大自然已经耐心地尽全力医治这些可怕的伤痕了：重新长出树木花草、冲刷旧的水坝和沟渠、抹平碎石和卵石堆……淘金热的高峰已经过去了，如今这里平静了下来，只剩下白发苍苍的老矿工在矿渣里翻翻找找，勉强维持生计。地底的爆炸声仍然没有中断，这主要是为石英厂提供原料，但其对周遭环境的影响相对几年前的淘金狂潮已经是小了很多。幸运的是，内华达山脉的金矿主要都集中在山脚地区，我们扎营的地区仍然保持着自然风貌，更高处的雪山还是和天空一样无瑕。

昨天天上的云中王国只有几座小山小丘，今天天空中没有一丝云彩。阳光洁白清透，却让人暖洋洋的很舒服。春季自然的脉搏最强劲地跳动时，山间这宁静的气候，是最让人迷恋的一点。入夜，只有轻微的风从山峰上吹下；白天，拂面的轻风则来自海面、低地山丘和平原，有时则是完全的平静，不见一张叶片摆动。这附近的树木，可真是讲不出多少与风儿之间的故事。

和人类一样，羊群在饥饿的时候是完全不受控制的。除了我精心守护的百合花园，营地周边一到两英里范围内的每株植物都被这些“长蹄子的蝗虫”吃了个片叶不留，就连灌木的皮都被扒了个精光。尽管牧羊犬和牧羊人努力控制，羊群还是四处散开，消失在尘土飞扬中。我担心有些羊已经走失了，因为我发现原本十六只黑色的羊里少了一只。

六月十七日

今天早上羊群拥挤着通过栅栏门的时候我们清点了数量。少了大约三百只羊，因为牧羊人不能去找它们，所以只能我去了。我捆了些干面包皮在腰带上，然后带着卡罗向着派勒特峰山脊高处的坡地出发了。虽然一直忧心着要找回那些迷途的傻羊，我还是度过了愉快的一天。我出门寻找羊儿，还真没有空手而归。地平线上笼罩着奇特的光晕，就像曙光初现的日晕里经常出现的那样，洁白清透，与上方的蓝色天空交汇融合。空中只有几丝像梳理过的丝线一样淡淡的云彩。我直接走到了羊群一般出没地区的边缘，绕着走了一圈之后，发现了迷失羊群留下的足迹。跟着足迹我一直走到山脊高出的一片被栅栏一般的美洲茶灌木丛围绕着的空旷地。卡罗知道我在找什么，急切地追寻着羊群的气息，直到我们看见那群战战兢兢挤在一起的羊儿。它们在这里被困了一夜加一个上午，因为害怕不敢出去觅食。和我们所知的一些人一样，一旦脱离了管束，它们就对外面的自由产生了恐惧，变得不知所措，而一旦回到旧日的囚笼里，反而觉得很舒服。

六月十八日

又一个激发灵感的早晨，我的感受是世界其他任何地方都无法超越的。我读过和听说过对天堂的描写，还不及这里的一半美好。正午时分，云彩大概只占了

道格拉斯松鼠 *Douglas Squirrel*

天空面积的千分之五，却在蔚蓝色的天幕上细腻地描绘了几笔。

在这些“披着羊皮的蝗虫”还没有涉足的山脊高处和山丘顶部，正是美洲薄荷、山字草、金鸡菊等植物繁茂生长的时节，还有一些高高的禾草丛，甚至和松树一样高耸在风中摇摆。很多不太好分辨种类的羽扇豆已经过了花期，大部分的菊科植物也开始凋零，它们辐射状的花冠渐渐消失在松软的冠毛中，如晨雾中的繁星一般若隐若现。

今天我们迎来了另一位来自布朗平原的访客——一位背上背着篮子的印第安老妇人。和之前那位访客一样，她无声无息地走到营地中间，站在很显眼的地方，才被我们发觉。我真不清楚她已经静静地站在那里观察我们多长时间了。她悄无声息的动作连狗都没有发觉。我猜她是路过这里去某个野地花园，采集羽扇豆、富含淀粉的雨伞草叶和根茎。她穿着破旧的脏兮兮的印花布衣服。尽管都靠着大自然的丰富物产维生，她远不如那些皮毛靓丽的野生动物们光鲜。很奇怪的就是仅仅人类是肮脏的。她如果披着兽皮，或者穿着草叶或撕成细条的树皮织成的衣服，就像刺柏或者肖楠树皮编成的毯子，那她看上去就完全融入这野地了，至少看起来像善良的狼或者熊一样。在我看来，这些被贬低的印第安人和穿着光鲜靓丽却只会吓跑小鸟和松鼠的观光客一样，都丝毫不能融入这自然。

六月十九日

整天都是灿烂阳光。投映着树叶阴影的岩石有多美丽啊！橡树叶子的树荫特别的清晰独特，比任何艺术品都高贵精致，静止的时候就像被画在了石头上，轻轻摇摆的时候就像害怕发出声音，随风飘舞的时候就像流畅、快乐的华尔兹，又像在岸边岩石上拍打出刺绣作品的海浪一样，在布满阳光的岩石上跳上跳下。这阴影的美是多么的真实而有质感啊！而且这美丽在无限繁盛中成倍增长。巨大的橙色百合这时花朵和叶片都达到最繁盛的时节。这高贵的植物健壮美丽，实乃天之骄子。

六月二十日

今天早上一些傻乎乎的羊被一丛灌木缠得死死的，

就像误入蛛网的苍蝇，需要人的援手才能脱困。卡罗发现了这些傻羊，试着从最容易的路把它们驱赶出来。狗的智商真是远远高于羊啊。卡罗真是比任何朋友都忠心耿耿、持之以恒。这只圣伯纳犬是犬类的荣耀。

空气中弥漫着香脂、松香和薄荷的味道，这种香气让每一次呼吸都变成是上帝赐予的礼物。谁能想到如此粗犷的野外也如此美好，到处都是美景佳物。我就像坐在一个巨大的穹顶帐篷里，欣赏着宏大的表演，这表演还伴随着美景、音乐、香气——所有的布景和剧情都是如此有趣，丝毫不需要担心出现无聊的一幕。上帝好像总是在这里尽情施展他的全力，就像一个沉浸在激情中工作的人一样。

六月二十一日

沿着溪边漫步去我的百合花园。这些野生百合的极致之美，激发了我无尽的敬仰和惊奇。它们的球茎植根在水潭边变质页岩堆积着黑色沃土的空洞里，在这里它们能吸收到足够的水分，又能躲过洪水的侵袭。沿着高耸光滑的茎螺旋生长的叶片都像花瓣一样完美细腻，阳光和热量在穿过顶上的树枝后，正好达到它们需要的程度。无论正午的暴雨带来多大的风，它们也能安全地躲在避风港里。灰藓铺成的地毯边上勾勒着羊齿类植物织成的线条，它们平铺在百合、紫罗兰和一些雏菊的下方。周围的一切都和它们本身一样新鲜甜美。

天上只有一片大山般的云彩。但因为有了阳光和光影的渲染，云彩山那大大的穹顶般的顶部、凸出的脊部和中间的山谷和空洞，都精细得妙不可言。

六月二十二日

今天的天气反常地多云。除了带来阵雨的积雨云外，头顶还有一片散开的薄薄的像雾的云彩，大概占天空的百分之七十五。

六月二十三日

这山间广阔无边、宁静无比的日子啊，让人既想工作又想休息。这样的光鲜下，世间万物都显得同样神圣，为人开启了上千扇窥见上帝的窗口。无论在多么疲惫的状态下，只要有山间一日的恩赐，在旅途中就不会累得晕倒；无论他的命运如何，长寿或短命、坎坷或平坦，他都永远是富有的。

六月二十四日

云彩和雷声都和往日差不多。牧羊人比利一直不停地在抱怨着，说这群羊是自羊肉和羊毛开发以来，最最邪恶的一群。他说，无论有多少只羊走失了，他也不会迈开一步去找回它们的。按照他的解释，去找回一只迷路的羊，他可能会损失十只。所以找回走失的羊的工作，就只能落到卡罗和我身上了。比利的小狗杰克也不断地制造着麻烦，它每天晚上都跑去布朗平原拜访它的邻居们。杰克是只外表普通，也看不出种类的小坏狗，还非常沉迷于爱情和战斗。他咬断了每一根用来拴住它的绳子和皮带，直到他的主人一次次地把它从长满灌木的山里拉回来，完全绝望地用木杆的一头捆在它脖子下的颈圈上，另一头固定在一个结实的小树上。但这木杆是个很好的杠杆，随着杰克在夜里不停地扭转，捆在小树上的那头松掉了，它又踏上了它的常规旅途——这次是拖着木杆穿过灌木丛，直到安全到达印第安人居留地。它的主人尾随着它，毫不留情地痛打了它一顿，并且用脏话诅咒说，第二天晚上他要好好教训这只昏头的小狗，结果他把我们的荷兰炖锅的盖子拴在它身上——这锅盖可是和杰克差不多重呢。锅盖被直接绑在它的颈圈上，这可怜的家伙好像都无法翻身了。直到天黑，它都垂头丧气地站着，无法转头环顾四周，而且如果它不把身体伸开，前腿趴在锅盖上，深深地把头埋在爪子间，它根本就无法躺下。但天亮之前，我们就听见杰克在远处的高地上高声吟诵着《永远向上》(*Excelsior*，美国诗人朗费罗诗作)，那铸铁锅盖根本就没用。它一定是用两条后腿直立着走，或者说爬着往前的，把沉重的锅盖像盾牌一样顶在胸前，就像配备了一副铁甲来对付敌人。接下来的这个晚上，狗、锅盖和其他一切，都被打包装进了一个破旧的装豆子的麻袋，愤怒的比利终于取得了最后的胜利。就在离家之前，杰克的下颚被响尾蛇咬了一口，导致它的头部和脖子有一个星期肿大得至少是平时的两倍，尽管如此它还是和往常一样欢乐地到处跑跑跳跳，到现在早就完全康复了。当时它得到的唯一药品就是鲜牛奶——每次一两加仑牛奶，强行灌入它那因为中毒而肿胀的喉咙。

六月二十五日

尽管这里仅仅是个牧羊的营地，但这大山谷却是我甜蜜的家，我对它的感情与日俱增，想到要离别让我心生忧伤。这支到处乱踩的大军目前还没有伤害到我的百合花园。这些可怜巴巴、浑身灰扑扑的、忍饥挨饿的动物啊，我发自内心可怜它们。它们每天要走好多英里地才能够吃到十五到二十吨的灌木和草。

六月二十六日

纳特尔（Nuttall）的山茱萸在盛开时真是一场视觉盛宴。整棵树都变得雪白。花的总苞有六到八英寸宽。溪流边生长的山茱萸树大约有三十到五十英尺高，如果树木之间距离不是很拥挤，它们的树冠就会长得很宽大。它们显眼的花朵吸引了飞蛾、蝴蝶等有翅膀的生物，我猜想它们不仅从树上获取所需，而且也给树带来裨益。这种树喜好清凉的水源，和桤木、柳树、棉白杨一样需要吸收很多水分，所以在溪畔是长得最好的。不过它们还是经常远涉到远离溪流的潮湿阴暗的山谷，生长在松树下面，当然这时树的高度就低了很多。当秋天来临，成熟的树叶甚至比花朵还漂亮，呈现出红、紫、淡紫等各种迷人颜色。和灌木一样生长在山的背阴面的还有一种植物，可能是黑实山茱萸。它们的叶子是羊的食物之一。远方传来了闪电和雷声，还有阵阵低沉的回响。

六月二十七日

披针叶榛在通往派勒特峰山脊的阴凉斜坡上很常见。榛树总是有特别的吸引人之处，就像橡树、杜鹃等生长在祖辈们开拓的清凉之地的植物一样，通过它们，我们对植物的热爱得以传递。这种榛树大约四到五英尺高，叶软而多毛，摸上去很舒服，美味的果实是印第安人和松鼠们的最爱。天空和往日一样，在正午有美丽白云的装点。

六月二十八日

温暖柔润的夏日。闪耀的阳光让每根神经都被刺痛。松树和冷杉新生的针叶已经几乎发育完全，在阳光下闪烁着迷人的光芒。蜥蜴在灼热的岩石上穿梭，有些生活在营地附近的蜥蜴已经半驯化了。它们好像对我们的每个动作都无比关注，好奇地观察着我们，却不担心被伤害。它们转过头朝后看，摆出各种漂亮的姿势。温柔而老实的小东西啊，眼睛长得那么美，在离开营地的时候我会因为不得不和它们告别而伤感的。

六月二十九日

我一直在设法和一只非常有意思的小鸟交朋友，它经常在瀑布和河面水流湍急处附近盘旋。从生理结构上看这不是一只水鸟，但它从水中捕食，而且从不离开溪流。它的爪上没有蹼，却能毫不畏惧地潜入旋转的湍流，显然是为了在水底觅食，它和鸭子、潜鸟一样，用翅膀在水下游泳。有时它蹚过浅滩，一次次地把它的头埋下去，像飞快的点头动作，欢快无比，明显是为了吸引人的注意力。它的体型和知更鸟差不多大，短小的翅膀适合飞翔和潜泳，中等大小的尾翼斜斜地向上长着，在它来回上下点头的时候，看上去有些像鹪鹩。它的颜色是浅浅的蓝烟灰色，头部和肩部有一些棕色的羽毛。它在瀑布、湍流间飞来飞去，翅膀振动发出类似斑鸠振翅一般有力的声音。它顺着溪流的风向飞动，常常轻盈地驻足在水流中露出的岩石上，或者是搁浅的树枝上，鲜有时机它会停留在顶上干燥的树枝上，如果这树枝合适的话，它会像一般的鸟儿一样栖息一会儿。它奇怪又优雅的装模作样的样子真是难以想象，而且它还挺会唱歌。它的歌声甜美清澈，像画眉的歌唱，但稍微低沉一些，或者说不那么喧闹，跟它那活力四射的活泼外表毫不相称。在溪流最美丽的一段上，这只小鸟过着多么浪漫的生活呀。这里气候如此温润，头顶有阴凉的树荫，脚下有清凉的溪流，让夏日炎热烟消云散。听着溪流日夜不停的美妙歌声，它唱歌不好听才怪了。这小小的诗人的每次呼吸都是一段美妙的歌曲，因为这湍流和瀑布周围的每一点空气都融入这乐章。小鸟可能在出生之前就学会了歌唱，因为孵化之前的鸟蛋就已经应和着瀑布歌声在微微震动了。我还没有发现它的窝在哪里，不过肯定是在溪流附近了，因为它从来不离开溪水。

六月三十日

天空一半云彩一半阳光。云彩特别的白。派勒特峰山脊顶上那些高高的松树在绸缎般的天空映衬下就像精致的小模型一样。今天的云彩平均覆盖率在百分之二十五左右。没有下雨。这个难以忘怀的月份结束了，但这一连串平静、愉悦的美景，却不会因为日期分割而变成碎片，始终那么连贯而美丽。每个清晨从沉沉的睡梦中醒来，周遭愉悦的植物、大大小小的动物、甚至连石头都像在呐喊着："醒来吧，醒来吧，陶醉吧，陶醉吧，加入我们、爱上我们！来吧！快来吧！"回望营地山谷那宁静浪漫又诱人的美丽与和平，我感觉这个六月是我人生中所有月份里面最美好的，最真实又神圣的自由，像永恒一样无边无际，永生不灭。一切事物都同样的圣洁，闪烁着温和、纯洁的上帝之光，无论是过去还是未来，都不会让它们变得模糊。

七月一日

夏天熟透了。大量的种子已经从果实或豆荚里面蹦出来，寻找那命中注定的生根地。有的会落到根的旁边，和它们的父母肩靠肩地生长，有些则张开翅膀飞到远处，在陌生的植物边发芽。大部分的幼鸟已经长全了羽毛，开始飞出鸟巢，当然它们仍然在父母羽翼的庇护下，从父母那里得到喂养和教育。鸟儿的家庭生活多么美好啊，难怪人人都爱鸟。

我喜欢观察松鼠。这里生活着两种松鼠，体型较大的加州灰松鼠和道格拉斯松鼠。后者是我见过所有松鼠中最聪明的，焕发着灼热的生命火花，让每棵树木在它扎人的脚趾下颤抖。它就像是凝聚了清新的山间勇气和活力的精灵，像阳光一样不受疾病侵袭。很难想象这样一只动物疲惫或者生病的样子。它似乎认为大山就是它的领地，所以一开始它极力想把羊群、牧羊人和小狗们

道格拉斯松鼠在观察人类兄弟

都赶出去。它那副气急败坏的模样啊，摆出各种脸色，眼睛、牙齿甚至胡须全都用上了。如果不是如此袖珍的体型，它还真的算得上是一种令人生畏的家伙呢。我很想多了解它的成长过程，在树干木节洞里、在树顶枝桠上一年到头的生活。奇怪的是我至今还没有发现一个挤满小松鼠的窝。道格拉斯松鼠和大西洋海岸上的红松鼠是近亲，很多是经由北部那绵延不绝的大森林迁徙到这里的。

加州灰松鼠是我们的动物邻居中最美丽的一位，其智慧程度仅次于道格拉斯松鼠。它的体型有道格拉斯松鼠的两倍大，但是远不及后者活跃，因为它在穿越林间树梢的时候总是尽量不搞出动静，所以它对森林的影响也远远小于道格拉斯松鼠。除了我们的狗之外，我从没听见它朝着谁叫。觅食的时候，它轻盈地在树枝间滑动，搜寻去年的松果，看鳞片间是否还有几粒剩下的松子；或者是在地上的落叶堆里寻找从树上掉下来的松果——因为今年的果实还没有成熟。它蓬松的大尾巴时而拖在后面，时而直立向上，有时平伸出去，有时像一丝卷云一样优雅地卷曲着。尽管经常从事繁重、脏兮兮的工作，但它的每根毛发都干净、闪亮，像蓟草一样耀眼，而且一丝不乱。和它的尾巴相比，整个身体简直微不足道。小道格拉斯松鼠激情四射、性格暴躁，特别喜欢炫耀、打斗和表演，它动作敏捷，快到几乎能刺伤旁观者的眼睛，那不断旋转的滑稽表演看了真是让人头晕目眩。加州灰松鼠性格害羞，而且经常蹑手蹑脚地行动，仿佛在警惕躲藏在树枝上、灌木里、木桩后的敌人。很明显它只想自己安静地待着，一点也不希望被人看见，赞美或惧怕。印第安人猎杀它们作为食物，所以它们的小心翼翼是有理由的，况且它还有不少天敌：鹰、蛇、野猫等。在食物丰富的丛林里，每到干燥炎热的夏季，它们总是差不多在每天同一个时间穿过浓密的灌木丛，跨过倒地的树木，去它们最爱的水潭喝水。这些水潭被男孩们密切地监视着，他们带着弓箭埋伏在附近，能悄无声息地杀死松鼠。尽管有不少天敌，松鼠仍然是一种快乐的动物，是森林的宠儿，是不知疲倦的精灵。在我看来，所有的野生动物中，它们是最有野性的。希望我们能更多地互相了解。

营地南边被灌木覆盖的山坡，除了是无数欢乐的小鸟筑巢的地方外，也是好奇的森林鼠的居家藏身之处。森林鼠是一种很有趣的动物，无论在哪里出现，都会引人注目。它们看上去更像松鼠而非老鼠，体型较大，有着蓝灰色的又漂亮又厚的软毛，腹部的毛则是白色的；耳朵又大又薄，几乎透明；水汪汪的大眼睛温柔无比，且含情脉脉；细细的爪子尖尖的像针一样；因为长着强壮的四肢，它们爬树的本领可以与松鼠媲美。其他任何松鼠或者老鼠都没有这么无辜的表情，它还很容易接近，对人类的示好毫不疑心。这种纯真美好的动物，不像是在灌木丛里筑窝的类型，它们的窝尽管里面非常柔软舒适，看起来和它们还是不够般配。在这山间居住的动物中，没有谁家的窝有森林鼠一家的窝那么巨大且外表惊人。第一次遇见一堆森林鼠窝的游客们，肯定会留下深刻的印象。这些窝是用各种各样的树枝搭成的，既有随处捡来的枯死的老树树枝，也有从附近灌木上咬断的绿色新枝，这些树枝与各种各样能搬来的东西混杂在一起，像是一些零零碎碎的土块、石头、骨头、鹿角等，所有这些砌成一个圆锥形的大堆，就好像准备烧掉的柴火。这种有趣的木屋有些达到六英尺高、底部六英尺宽，而且一般都是数量一打以上的窝集中建在一处，这主要是为了方便获取食物和自我庇护，而非打造社区。穿过一些偏远的山坡的孤独的探索者，如果闯进了一个这样的村落，一定会目瞪口呆，甚至想象自己进入了一个印第安居住地，猜想这是一种怎样的欢迎仪式在迎接自己？但他却看不见一张野人的脸，甚至看不见一只森林鼠，最多有三两只蹲在棚屋顶上，用最温顺的大眼睛看着陌生人，允许他更靠近些。在这粗糙的尖锥形的木屋里，是用嚼烂的树皮里的纤维铺成的软和小窝，还有羽毛、柳树、乳草等种子绒毛软软地垫着。这壁厚多刺的窝里住着的精致小动物，就像是带刺的总苞里开出的娇嫩花朵。有些窝搭在树上，离地三十到四十英尺高；尽管它们适应最野生的孤独生活，有的还是会把窝建在阁楼里，仿佛是寻求人类的保护和陪伴，就像燕子和红雀一样。主妇们觉得森林鼠就是小偷，因为它们把能搬动的所有东西都运到它那奇怪的窝里：小刀、叉子、梳子、指甲、锡杯、眼镜之流，但我认为这只是它们在增强自己的防御工事而已。它们的居家食品，据我观察和松鼠的差不多，包括坚果、莓果、种子，有时候也吃吃树皮或者各种美洲茶植物的嫩根。

七月二日

温暖的晴天，让植物动物和岩石都兴奋起来，让树汁和血液加速流动，让这水晶般的大山的每个颗粒都像星尘一样随着和弦旋转跳动舞蹈着。所见所想之处，毫无沉闷可言。没有死气沉沉，没有停滞不前。一切都跟随着大自然有力心脏的搏动的快乐旋律。

高处的山顶有珍珠色的积雨云，云彩不仅有银色的边缘，而是全都呈现银色。这些是我在任何国家见过的云彩中最最明亮、清爽、坚实、最变化多端的、最形象万千的。内华达山脉最高处——这些每天形成又消失的云中王国，是我心中最神奇的事情，我凝望着这数英里长的巨大的白色穹顶，心中涌现出无比的崇敬。但就在这云端山间的无尽美景中，我们的食物短缺却让人丧气。我们几天前就没了面包，尽管我们有足够的肉类、糖和茶，我们对面包的思念却与日俱增。在这富饶的野外，我们竟然发生食物短缺，真是让人觉得奇怪。印第安人和松鼠们都让我们感到自卑——毕竟淀粉丰富的根茎、种子和树皮都无比丰富，但食物的缺乏却破坏了我们身体的平衡，威胁着我们最大的乐趣。

七月三日

温暖的一天。微风刚刚能够吹过林间，带来千万种芳香。松树和冷杉都在茁壮生长，树脂和香膏从每棵树上滴落，种子很快成熟，收获季节指日可待。松鼠们的面包有望了。它们在各种坚果成熟之前就开始吃了，但却从没见过它们胃疼。

七月四日

在羊群未到的山丘，空气里充满了林间传来的菁华，越来越香甜芬芳，就像日渐成熟的果实一样。

德莱尼先生很快就要带着新鲜的供给从低地返回了，这样羊群就会迁移去新的草场，我们也就可以吃饱肚子了。目前，我们存粮里的豆子和面粉一样都被吃光了，我们只剩下羊肉、糖和茶了。牧羊人已经士气低落，丝毫不关心他的羊群。他说既然老板不给他吃饱，他也就没义务给羊群吃饱，并发誓说没有任何正派的白人能单靠吃羊肉就能攀上这么陡峭的山坡的。“羊肉对白人来说可不是什么上好食物。当然对狗、野狼和印第安人来说又是另外一回事。吃得好，羊才放得好。我就这意思。”这就是比利七月四日的国庆演讲。

七月五日

正午时分内华达山脉高地天空的云彩更加壮观了，这难以用言语描述的美景，让我一天天为它辗转难眠。低地昨天燃放礼炮的硝烟，还有演讲者口若悬河的回音，到现在已经消散在风中。在这里每天都是假日，是有着沉静祥和的热忱的节庆，不会疲惫、不会浪费、也不会因为欢乐过度而厌倦。万物都浸沐在喜悦之中，没有一个细胞或晶体会被排除在这欢乐之外。

七月六日

德莱尼先生还没有回来，我们的面包荒更加让人心碎了。我们必须继续吃羊肉，这让人越来越难以忍受。我曾听说过得克萨斯州的开拓者们连续几个月以野生火鸡的胸脯肉为食，没有一点面包或者其他谷物制品。在旧日好时光，他们有很多这样的情况，那时虽然生存环境还不那么安全，但生活上的烦恼却没有这么多。早期落基山脉里的猎人和皮毛商人也只能好几个月吃野牛肉和海狸肉，也有人只靠食用三文鱼肉为生。印第安人和白人中都有一部分人能长时间不吃面包却不感觉不适。但此时此刻，尽管羊肉都很不错，但却是我们最不愿碰的食物。我们选出最精瘦的肉块，但吞咽的时候还是感觉到强烈的恶心，导致呕吐。喝茶的话只能让情况更加严重。胃好像把自己当成一个有独立意志的生命个体。我们像印第安人一样把羽扇豆叶子、四叶草、淀粉质的叶柄以及雨伞草的根茎煮着吃。我们试着把眼光转向大山，四处张望，蹒跚地爬上岩石，沉浸在美景之中，借此来缓解胃部的不适。我们陷入了让人窒息的沉默之中，每天的工作和娱乐时间，都在沉闷中慢慢消磨。我们嚼碎美洲茶的叶子当午餐，闻或者咀嚼味道浓郁的薄荷来缓解头晕和胃疼——现在已经感觉好些了，疼痛感像雾气一样罩在头上，渗入我们的体内。晚餐还是羊肉，吃了才有力气，强迫自己吞下去，却吃不了多少。躺在床上，星光透过雪松的枝叶，倾洒在我们的身上。

七月七日

今天早上比较虚弱，身体不太舒服——这全是因为面包。我最爱的研究工作已经因为没有面包而几乎荒废，看来如果没有麦田和磨坊作后盾，即使在天堂般的树林里闲庭漫步几天，也是很艰难的啊。就像被关在笼子里的鹦鹉渴望一块饼干，任何类型的饼干都可以——环球旅行后剩下的一块苏打饼干都挺好，到底卫不卫生也没人关心了。只吃面包不吃肉是一种挺好的饮食方法，我已经在数次植物观察之旅中验证了这一点。茶也是可有可无的。面包和水，加上愉快的工作就是我的全部所需，这要求并不高，但是一个人应该学会和适应在荒野中不依靠某一种特定食物却依旧享受生活。这其实是完全可以做到的，至少对身体本身而言，因为生活在其他气候带的人不就活得好好的么。举个例子，爱斯基摩人居住在远离小麦种植区域的最北端，靠吃油腻的海豹和鲸鱼肉生存。他们的食品包括肉类、莓果、苦味种子、鲸脂等，有时甚至一连几个月只有鲸脂可以吃，但这些居住在冰冻海岸线周围的人却是健壮、快乐、结实而又勇敢的。我们也听说过只吃鱼的人，还有和蜘蛛一样的肉食人群，他们的胃照样好好的。相比之下我们显得既可笑又可怜，对着我们的食物一脸苦相，而且因为消化不良而发出咕噜咕噜的声音，就像被窒息的羊发出的叫声一样。我们有大量的食糖储备，今天晚上我突发奇想，觉得这爱斗气的肠胃可能和抱怨的小孩一样，能用糖来哄哄。我清洗了煎锅，把大量糖熬成了蜡状，但这却让情况更严重了。

人类好像是唯一会让食物弄脏自己的生物，所以得经常清洗，还需要用围嘴、餐巾等当作盾牌。鼹鼠们生活在地底，吃黏液般的蠕虫，但它们还是和成天泡在水里洗澡的海豹、鱼类一样干干净净。还有，我们也发现，生活在到处滴落树脂的森林里面的松鼠，也神秘地能够保持身体的清洁，尽管它们经常抱着黏黏的松果，而且到处乱窜，它们却没有一根毛发是黏糊糊的。鸟类也很干净，不过它们倒是花不少精力来清洗整理自己的羽毛。这时候我发现苍蝇和蚂蚁被困在我们扔掉的蜡一般的糖霜里，就像它们远古的祖先被困在琥珀里一样。我们的胃，就像疲惫的肌肉一样，已经因为长时间的蠕动而酸痛。记得有一次我在佐治亚州萨凡纳（Savannah）

附近的波纳文都墓地附近感到非常饥饿，因为禁食我已经被饿了好几天了，那个时候空空的胃感到和现在同样的疼痛，尽管这种疼痛不是很剧烈，但是却产生一种脆弱和刺痛感，让人难以忍受。我们甚至做梦都梦见面包，由此可见我们有多渴望它啊！和印第安人一样，我本应该知道如何从蕨类、雨伞草的枝干、百合的球茎和松树皮里提取淀粉，但这个教育在好几代人以来已经被忽略了。野生稻子应该也不错，我在潮湿的草地边缘发现了一种，但它结的种子实在太小了。橡子还没有成熟，松子和榛子也一样。松树或云杉的内层树皮倒是可以试试。我们持续喝茶，喝到几乎醉了。人在有特别的事情发生的时候总是渴望有一种兴奋剂，茶就是唯一我使用过的。比利嚼了很多烟草，我觉得他靠这个来缓解难受的感觉。我们每个钟头都竖起耳朵聆听，睁大眼睛张望，希望看到“堂吉诃德”来到的迹象，若他的大脚出现在山上会是一个多么美丽的景象啊！

据我观察，在温暖好客的内华达山脉地区，牧羊人和山里的居民对食物和睡眠条件的要求并不高。他们中大部分都很容易满足于简单生活，却忽略大自然的精美细致，认为那是淘神且没有男人气概的表现。牧羊人经常席地而眠，只裹着两张毯子，用石头、一根木头或者载物马鞍当枕头。在地点选择上，他们比狗还不讲究，因为狗在做出这个重要决定前还东找西找，翻开松散的树枝和卵石，还试着做出很多改变，寻找最舒服的地方。牧羊人则是随地一躺就睡了，好像是所有寻找睡处的生物中，最没有技巧的一个。他们的食物也同样不讲究，即使他想要的所有食品都在那儿，他的餐饮无论是从种类还是烹饪方法来说，都远远谈不上精细。他的全部菜单内容仅仅是豆子、任何一种面包、培根、羊肉、桃干，有时还有土豆和洋葱，最后两样因为重量和其营养含量的比例原因，常常是被看作是奢侈食物。从牧场出发的时候可能在马匹上各装半袋土豆和洋葱，不出几天就会被吃光。豆子是主要的备用食物，因为它不仅好带、有益健康、能长时间保存，而且很容易烹饪，但奇怪的是围绕着煮豆子的锅，总是有很多神秘事件发生。天下没有两个厨师能对如何煮好豆子持一致意见，在精心地烹煮料理这美味食品后——多放油、与培根一起煮到入味——骄傲的厨师会分几勺给大家品尝一下，然后询问："好了，你们认为我的豆子味道怎么样？"就好像这些豆子的味道和用同样方法烹饪的别的豆子会完全不一样，因为他用了煮豆子的独家秘方。根据不同的口味和想法，糖浆、白糖、胡椒可以用来增添风味，或者最初煮豆子的水需要倒掉，再加上一两勺炉灰或者苏打来融化或者软化豆皮。但是，正如红酒一样，没有哪两锅豆子的风味在美食家嘴里是一样的。有时候因为月亮的缘故，因为某天运气不好，因为豆子不是长在适宜的土壤里，或者这一年不适合豆子生长等等原因，这锅豆子的味道就会不够好。

咖啡也一样，在营地厨房里有神奇的传说，但不多，也不像豆子锅周围的传说那么神秘莫测。咕嘟一声喝下一大口后，发出得意的声音，漫不经心地评论一句："这咖啡不错！"然后另一个人咕嘟一口下去，重复一次评论："对的，先生，这的确是好咖啡。"至于茶，这里只有两种：淡的和浓的，越浓越好。能听到的唯一评价是："这茶太淡了。"若非如此，便是好茶，无需再提。如果这壶茶一直烧了一两个小时，或者在松脂点燃的火上熏一会儿，——谁会在乎产生一点点单宁酸或者杂酚油呢？这样煮出来的黑色茶水就非常浓，对烟鬼们来说其吸引力就非同一般。

牧羊营地和加州的大部分野营地一样，是用荷兰炖锅来烤面包的。有种面包就是酵母粉小饼干，一种不健康的黏稠物，吃了之后直接导致消化不良。大部分的面包是用酸面团发酵而成的，每次都会保留一小团酸面团在面粉袋里，下次继续使用。烤箱就仅仅是用荷兰炖锅来代替，这种铸铁锅有五英寸深，宽度从十二英寸到十八英寸不等。先把一个面团在锡制平底锅里混合后揉好，然后将铸铁锅稍稍加热，用一小块牛脂或者猪皮在内壁抹上一层油。这时把面团放进去，往边缘按压扩展，之后就放在里面发酵。当发酵完成后，在火堆旁撒开一些燃烧的木炭，把铸铁锅放在上面，再铲一些木炭放在盖子上，还需要时不时地提起盖子观察里面的热度是否足够。小心照看的话，这样能做出挺不错的面包，虽然有烤焦和酸掉的风险，也有可能发酵过度，而且铸铁锅的重量也是个很大的问题。

“堂吉诃德”德莱尼先生终于回来了——饥饿烟消云散。我们转过头，望着大山，明天我们就出发去云中之国了。

这第一个营地将是我永生难忘的。它已经根植于我的身体，不仅仅是成为回忆的画面，而是成为我心灵与身体的一部分。这深深的马蹄状的山谷，那美丽的树林，夜里从叶缝间洒下的星光；朝布朗平原去的斜坡上开满鲜花的野地，还有平静日间空气中花朵的香气；绿叶掩映的溪流发出无数音符构成的乐曲，溪流或慢或快欢乐地冲过莎草叶子和长满绿苔的石头，在水潭里激起漩涡，被鲜花盛开的小岛分成两股，时不时地溅起灰色或白色的浪花，永远带着欢乐又庄重的音调，让人回想起海洋；那只勇敢地住在溪流边的小鸟，用人类一样的音调吟唱着甜美的曲调，在水花中跳起华尔兹，就像神圣的福音在阐释上天的爱。还有派勒特峰山脊，绵延的斜坡优雅地起伏，从一个气候带到另一个气候带，覆盖着各种树种中的王者之树，它们按尊贵的等级列队，一个树冠盖着另一个树冠，一个树梢高过另一个树梢，挥舞着它们长长的叶臂，像摇铃一样抛出它们的球果——被上帝庇佑的山中居民啊，靠阳光生长，尽情享受它们的强壮，每棵树都是为风和太阳准备的竖琴，乐声曼妙。

榛树和美洲茶灌木是草地上出没的鹿的最爱，阳光暴晒的山脊，被薄荷和秋麒麟草染成一片紫一片黄，蕨叶属植物像毯子一样铺开，上面有蜜蜂嗡嗡萦绕。山间的黄昏与黎明、日升与日落——玫瑰色的光线射向高空，与星辰一起闪耀，渐渐变成水仙色，平直的光线突然间四散开来，照过山脊，在松树上移动，唤醒每一位伟大的林间主人，愉悦地开始一天的工作。阳光灿烂的正午，雪白的云之大山，整个景观像上帝之脸一样深沉静谧。日落时分，树林静静地伫立着等待它们的晚安庇佑。这一切，是圣洁、永恒、用之不竭的财富。

七月八日

现在我们向着最高的山峦出发了。很多细微的声音和午间的雷声一起在呼唤着："来高处！"再见了，神圣的山谷、树林、花园、溪流、小鸟、松鼠、蜥蜴，还有成千上万的其他生物。再见了。再见！

沿着山坡向上而去的"带蹄的蝗虫"在一片棕色尘土下穿行。还没走出栅栏一百英尺，它们就已经意识到它们终于要去新的草场了，所以急匆匆地向前冲，推推

一条山中小溪

搡搡地通过灌木间的空隙，跳跃着，翻滚着，就像欢腾的洪水呼叫着通过决堤的大坝。羊群的每一侧各有一个人不停地朝着领头羊大喊着保持队形，但是领头羊已经饿得像《圣经》中加大拉的猪群（Gadarene Swine）一样，只顾往前冲。还有两个人专门负责把它们从灌木丛的缠绕中解救出来。印第安人一言不发，平静又警觉地盯着哪些可能被忽略掉的离群之羊；两只狗东奔西跑，不知道到底该干什么。“堂吉诃德”很快就远远地落在了后面，正努力地想赶上来，不让他那麻烦不断的财富离开自己的视线。

一旦跨过了已经被吃光的草场的边界，这群饥饿的羊立刻就平静下来了，安静得好像是草地上的山间溪流。从这开始它们被允许慢慢地想怎么吃就怎么吃，只要它们朝着图奥勒米和默塞德分水岭的山顶方向前进就可以了。很快这两千个扁扁的肚皮就被香豌豆藤和青草填满了，刚才那些与其说是羊，不如说像狼一样憔悴、绝望的生物，现在变得温顺听话，嚎叫不停的牧羊人也变得文静起来，不慌不忙地慢步走着。

太阳快下山的时候，我们到了榛林绿地（Hazel

Green)，这里是处于默塞德和图奥勒米两个盆地间的分水岭顶部的一个迷人去处。有一条小河穿过榛林和山茱萸灌木丛，流淌在高大的冷杉和松树下。我们在这里扎营过夜，用松脂丰富的木材和树枝搭成的篝火，燃烧时闪耀的光芒仿佛日出一般，愉悦地把积累了数个世纪的夏日阳光的能量又释放出来。在这旧日阳光的照耀下，周遭事物在黑暗的背景映衬下，显得如此动人。禾草、翠雀属、耧斗菜、百合、榛树丛，还有高大的树木，围绕火堆站成一圈，好像是一群围观者带着人类特有的热情在观看聆听。夜晚吹来清凉的微风，整个白天我们都在朝着天空中我们仰慕已久的云之山脉的方向前进。空

榛林绿地下，图奥勒米和默塞德的分水岭

气如此甜美宜人，每一次呼吸都像是神的祝福。这里生长的兰伯氏松无论是数量、高度还是美丽的程度，都达到了极致，它们填满了每个山峰山谷和深深的沟壑，几乎把其他所有树种都排挤在外了。有少数西黄松与它们相伴生长，最冷的地区还有银杉，尽管后两者都很壮观，但兰伯氏松才是确实无疑的王者，它们伸出长长的枝干像臂膀一样张开，保护着下面的其他树木，而被庇佑者也在摇摆着身体，俯首称臣。

现在我们已经到了海拔六千英尺的高度。午前我们经过了分水岭上的一段平地，这里长满了熊果属植物，有些植株是我见过最大的了。我测量了其中的一株，离地十八英寸处的主干直径有四英尺，在那儿分支成众多枝干，形成一个圆形的宽阔顶部，约有十到十二英尺高，开满了粉色的有细细喉部的花朵。叶片是浅绿色，叶柄边缘卷曲长着腺体。巧克力色的树皮非常光滑且轻薄，所以树枝看上去就像是裸露的一样，树皮干燥后会化成卷曲碎片落下。木质是红色的，非常密实且坚硬，重量很沉。我很好奇这些有趣的灌木树到底有多大年龄，也许和那些高大的松树差不多吧。它的莓果看上

藤蔓百合 *Stropholirion Californicum*

去像小小的苹果，经常一半玫瑰色，一半绿色，印第安人、熊、小鸟和肥硕的幼虫都以此为食。据说印第安人用这种莓果酿造类似啤酒或者果酒的东西。熊果属有很多种类，比如这种熊莓在附近就非常常见。因为它们长得很矮，而且根部扎实，所以根本无惧大风。即使是经常肆虐林间的大火也不可能将它们完全摧毁，因为它们很快又能从根里发出新芽，而且有时候它们生长在干燥的山脊上，那里几乎不会被野火侵袭。我必须试着去更多地了解它们。

今天晚上我很怀念河水的歌声。这里的榛林溪（Hazel Creek）在春光明媚的时候会发出鸟鸣般的声音，风吹过头顶那些巨大的树木时发出的声音奇妙得很打动人，大概是因为风儿吹过却没有一张叶片飘动。但是天色已晚，我必须上床睡觉了。整个营地一片寂静，大伙儿都进入了梦乡。花上这么多时间来睡觉显得很奢侈。“他赐予钟爱的子民睡眠。”需要睡眠的“钟爱的子民”真可怜，他们脆弱不堪且疲倦难耐。最可怜的是，在这永恒、美丽的自然的衡动中人类必须睡去，而不能像星星一样，永远地凝视着这一切。

七月九日

山间的空气让我精神焕发，心中充满了野生动物般的原始喜悦，让我早上忍不住想大叫出来。昨天晚上印第安人睡在离火堆很远的地方，而且没盖毯子或其他衣物，只穿了一条工装裤和被汗水浸湿的白棉布衬衣。在这个海拔高度，夜晚的空气是很凉的，我们给了他一些毛毯，但他好像并不需要。携带衣服是很困难的事情，所以不需要添加衣服倒是很不错的。在食品短缺的时候，他能够有什么就吃什么——一些莓果、根茎、鸟蛋、蚱蜢、黑蚁、肥硕的黄蜂或者熊蜂的幼虫，他仿佛一点都不在乎。

我们今天的路线是沿着主山脊宽阔的顶部一直走到仙鹤平原（Crane Flat）外的山谷。这条路几乎没有岩石，而且覆盖着我见过的最雄伟的松树和云杉。树干直径有六到八英尺的兰伯氏松也很常见，它们的高度达到两百英尺以上。两种银冷杉（白冷杉和红冷杉）有着简直难以描述的美丽，特别是红冷杉，我们越往上爬它们的数量越多。它们体型巨大，是内华达山脉巨大的针叶树中最引人注目的树种之一。我见过有植株的直径达到七英尺，总高度超过两百英尺，一般完全成熟的树木平均高度至少有一百八十到两百英尺，直径五到六英尺。它们不仅身形巨大，还有着其他树种不具备的对称和匀称，至少在周遭是独一无二的。它的树枝大部分是五根一起螺旋生长，主干又高又直，从根部到顶部逐渐变细，非常精致。每根树枝都像蕨类植物的叶子一样，整齐地呈羽状排列，每根枝桠都密密地长满了叶子，让它们个个都有枝繁叶茂的壮观外表。树的最顶端是一枚又厚又钝的嫩芽，像劝诫的手指一样，直直地指向天空。球果像直立的木桶一样，竖立在上端的枝桠上。这些球果大约在六英寸长，直径约三英寸，两头钝，质地柔软，成圆柱形，看上去精美无比又营养丰富。种子大约四分之三英寸长，呈深棕红色还泛着彩虹色的亮光，有紫色的翼。成熟后，球果裂成碎片，种子就从一百五十或者两百英尺的高处飞散开来，这球果裂开的推力再加上一阵恰到好处的风，这些种子就能飞行很远的距离；其实正是因为微风吹来，球果才会破裂让种子随风飞扬。

另一个种类的白冷杉与红冷杉有差不多的高度和浓密，但它们的枝桠没有规律地螺旋排列，也没有羽状外表，叶子也不那么浓密。与红冷杉的叶子布满整个枝桠不同，白冷杉的叶子主要排列在水平线上的两排上。球果和种子也与红冷杉的外形相似，不过只有其一半大小。红冷杉的树皮是紫红色，有密集的沟壑，但白冷杉的树皮是灰色，沟壑也比较稀疏。这真是高大的一对儿啊！

在仙鹤平原，我们向上攀登了至少一千英尺，距离大约两英里，森林越来越浓密，银白色的白冷杉在树林中占的比例越来越高。仙鹤平原是一个有宽大的沙地边缘的草地，位于分水岭的顶部。蓝鹤长途迁徙的时候经常到这里来休息和觅食，仙鹤平原由此得名。平原约有半英里长，延伸进默塞德河里，中间莎草茂密，边缘则有百合、耧斗菜、翠雀属、羽扇豆及火焰草属等植物的点缀，再往外就是干燥、微微有斜坡的一片星罗棋布的开着各种小花的沙地——优拿草属、沟酸浆、吉莉草属等，还有一丛丛马齿苋科、不同种的荞麦属以及耀眼的索氏属植物。草地外围的森林则是由两种冷银杉、西黄松、兰伯氏松组成，这些树木在这里都达到了它们自身高度和美貌的极致。在海拔稍稍高于六千英尺的此处，对兰伯氏松和西黄松来说不是太高，对红冷杉来说又不是太低，白冷杉则是最适宜生长在这里。平原北部大约一英里处是巨杉林，这可是所有针叶树中的王者。再远处，是花旗松和香肖楠，还有一些扭叶松穿插其中，构成森林的一小部分。三种松树、两种冷银杉、一种花旗松和一种巨杉，除了扭叶松之外都是巨大的树种，全都能在这里找到，这里可真是难得的针叶树大集合啊！

我们今天经过了一些花园般的草地，它们有的在分水岭的顶部，有的则是像彩虹一样悬在分水岭两侧，置于森林之间。有的几乎全是高高的加州藜芦，开着白色的花，船形的叶子大约有一英尺长，八到十英寸宽，有类似凤仙花的叶脉——一种强壮旺盛的百合科植物，喜欢滨水而生，外形引人注目。耧斗菜和翠雀属植物长在草地边缘干燥的地带，还有一株高大美丽的羽扇豆从及腰深的青草和莎草中探出头来。还有数种火焰草属植物繁茂炫目地生长着，它们的脚下是毯子般的紫罗兰。但这些森林草地中最灿烂的还是一种小豹纹百合，最高的植株有七八英尺高，巨大的总状花序上开着十到十二朵橘色的小花。它们在开阔地上自由生长，周遭的青草和其他植物只能触及它们的脚背，映衬出它们的优越感。

这让我对百合花这个家族又加深了印象——它们是真正的山中居民，在七千英尺左右的高地，展现出全部的活力和美丽。我发现即使在同一片草地，它们的大小也完全不同，不仅仅是因为生长土壤的差异，也有植株年龄的因素。我见过一株只有一朵花，而旁边不远处的另一株却有二十五朵花。可是，羊群竟然被允许踏入这片百合草地！大自然经过数个世纪的精心栽培和灌溉，在冬天把它们的球茎暖暖地藏在森林地下，用窗帘般的云彩为它们幼嫩的根茎遮挡阳光，再洒下清新的雨水，打造出它们无比的美丽，并创造无数奇迹来保护它们的安全；但是，说来奇怪，大自然却允许这些饥饿的羊群来践踏它们。我认为修建一道火墙来保卫这样的花园都不足为怪。大自然对它钟爱的珍宝是如此的挥霍，就像毫不吝惜地将阳光洒满大地和海洋、花园和沙漠一样，挥霍着植物的美丽。百合的美丽被分配给了天使和人类、熊和松鼠、狼和羊、小鸟和蜜蜂。但就我所知，目前也只有人类和人类驯养的动物才是摧毁这些花园的罪魁祸首。“堂吉诃德”告诉我，在炎热的天气里，笨重的熊喜欢在百合丛里打滚，鹿也经常踩着尖尖的蹄子在里面跑来跑去地散步和觅食，但我却从来没有看见它们损伤过一枝百合。相反，它们像园丁一样栽培百合，为它翻土压泥，而且没有一片叶子、一张花瓣被碰掉。

周遭的树木和百合一样，无论从形态还是观赏性都臻于完美。它们的大树枝和百合的叶子的轮生几乎一模一样。和往常一样，今天晚上我们营地的篝火让火光照耀到的一切都变得更美好。躺在冷杉树下，看着它们在星光下摇动着塔状的树尖真是壮美极了，天空看上去就像开满百合的草地。在如此珍贵的夜晚里，我怎么舍得闭上我的眼睛?

七月十日

一只道格拉斯松鼠——性格急躁、行动敏捷的森林独裁者，今天早上在我们头顶的树梢上嚎叫。平日里行动喧闹的游客很难得见到的森林小鸟也出现在草地边晒到阳光的树枝上取暖，在那里进行日光浴和露水浴，这景致可真是怡人。这些小小的长羽毛的树上居民那生机勃勃又信心满满的外表和姿态多么有魅力呀！它们好像对美味又健康的早餐很有信心，但那么多早餐是从哪里来的呢？如果我们想为它们摆一张满是嫩芽、种子、虫子等食物的餐桌是多么的困难啊，更何况还要让它们保持这纯净、野生的健康体魄！我觉得它们一定不会受到头痛或者其他疼痛的困扰。至于那精力充沛的道格拉斯松鼠，你好像从来不会去想到它们的早餐或者它们会饥饿，更别说疾病和死亡了。它们更像是星辰，超越了这些事情的机会和变化，尽管我们有时候也会看到它们忙碌地采集种子，为生存而劳碌。

我们穿越森林向更高处出发，一路留下扬起的尘土，成千双羊蹄践踏着花草叶片，但在这浩瀚的野地里，它们也只是弱小的一群，成千上万的其他花园仍能免遭它们的摧残。它们也无法对高大的乔木造成伤害，尽管有一些幼苗没能幸免于难。不过如果这些“带蹄的蝗虫”的数量大量增加，当然它们的经济价值也会同样增加，那么假以时日这片森林估计也无法幸存了。只有天空能不受其害，尽管尘土和烟雾就像粗劣的祭品产生的烟雾，蒙蔽了天空的景色。可怜无助又饥饿的羊群，它们在很大程度上都是私生子，因为人类的制造而生，并非出自上帝的恩赐，尽管生不逢时，它们的叫声却很神奇地富有人性，让人不禁心生怜悯。

我们仍然沿着默塞德和图奥勒米分水岭前进，我们右边的溪流将汇入水声若歌的约塞米蒂河，左边的则是汇入水声似曲的图奥勒米河。它们流经阳光明媚、长满薰衣草和百合的草地，一出生就学会了唱歌，一路欢唱着落入千个深谷。想要寻觅到歌声更美妙、水流更清澈的溪流恐怕是不可能了，这些溪流发出叮咚声奔流着，形成一个个欢乐的漩涡，流过阳光，淌过树荫，在水潭里闪烁，汇聚它们的激流，激荡着、舞蹈着，在峭壁和斜坡间变换形态，走的路程越远，它们的美丽就越显著，直至最后汇入冰川河流的主流。

我整整一天都凝视着那一大片高大的银冷杉树林，对它们的喜爱与日俱增，它们占据的领地也是越来越大。仙鹤平原以上的森林相对稀疏一点，这样阳光能够洒到铺满棕色松针的地面。单棵树木的对称性和丰茂的枝叶已经让人惊叹了，有时候六七棵树合并在一起组成一个寺庙般的小森林，它们的大小和位置都排列得如此整齐，看起来一丛树就像是一棵树。这里可真是树木爱好者的天堂。即使这世界上最迟钝的眼睛看到这些树木都会变得敏锐起来。

幸好这些羊目前不需要怎么照料，它们正被慢慢地赶着往前走，也能随心所欲地一边走一边啃。自离开榛林绿地之后，我们一直沿着约塞米蒂小径走，来这个著名的山谷游览的游客们，如果从科尔特维尔和中国营（Chinese Camp）过来的话，就会经过这条路，从北边进入峡谷——两条小径在仙鹤平原汇合。另一条小径通过马里波萨（Mariposa）从南边进入峡谷。我们见到的游客有三五成群的，也有一队十五到二十个人的，有的骑着骡子，有的座驾是小野马驹。他们身着花哨的服装，列队穿过静谧庄严的树林，看上去像是一幕奇异的演出，吓到了野生动物，就连高大的松树仿佛也被惊动，发出惊恐的呻吟。不过我们自己和这群羊也好不到哪里去。

我们在落叶松平原（Tamarack Flat）扎营了，距离约塞米蒂山谷的低缘只有四五公里。林间又有一片美妙的草地，一条又深又清的小溪穿过其中，岸上垂下的莎草让河岸显得圆滑且倾斜。这个平原是因为生长着很多扭叶松而得名的，这种松树在草地边缘的凉爽地带特别常见。在布满岩石的地面上生长的扭叶松健壮且繁茂，一般有四十到六十英尺高，树干直径约一到三英尺。树皮很薄，含有树胶，树枝几乎裸露，叶穗、叶子和球果都很小。但如果是生长在潮湿、肥沃的土壤里，扭叶松就会长得密集而修长，有时能达到将近一百英尺高。树干直径仅仅六英寸的树木，都能长到五十到六十英尺高，外形像箭一样又细又尖，类似于美国西部地区的落叶松。它们也因此得名，事实上它们仍然是不折不扣的松科植物。

七月十一日

“堂吉诃德”骑着一匹驮有物资的马往约塞米蒂山谷的北部去了，他是去探查情况，找到我们设立中央营地的最佳地点的。我们目前还不能去超过这个高度的地方，因为那些传说中比周遭的草场好得多的牧场，目前还被埋在深深的积雪下。我很庆幸我们的中央营地还是会设在约塞米蒂的范围内，因为这样我就可以在这高处尽情地游走，欣赏这些我还没涉足过的大山、峡谷、森林和花园、湖泊、溪流和瀑布的曼妙美景。

我们现在在海拔七千英尺左右，晚上很冷，我们得把大衣和多余的衣服都盖在毯子上才够保暖。落叶松溪的溪水冰冷，味道却甜美，像令人精神振奋的香槟。穿过草地的溪流里，溪水几乎满溢，却流淌得悄无声息，但我们营地下游几百英尺的地方，地面完全是散落着鹅卵石的灰色花岗岩，大片大片的裸露地面没有一棵树，最多有一两棵零星地扎根在岩石间细小的缝隙中。这些鹅卵石中有相当一部分非常大，它们并非成堆，也没有像垃圾一般，散落在风化的岩石周围。它们大部分单个出现，躺在干净的路面上，在阳光的照射下发出耀眼的光芒，与我们在林间常见的微弱的阳光和阴影形成了鲜明的对比。奇怪的是，这些鹅卵石显得如此的平静和荒芜，周围没有任何足以移动它们的力量，视线范围内也没有能搬动它们的工具，但它们的颜色和成分的巨大差异，显示它们一定是来自远方，被一个个打磨、搬运、放置在这里；而且自从被搬来这里后，不管是平静的日子还是暴风雨的时刻，它们大部分都没有移动过一分一毫。它们在这里显得很孤独，像是在奇怪地方的陌生人——这些巨大的、有棱有角的山间岩石，最大的直径有二十到三十英尺，是大自然在打磨它的景观、装扮它的大山峡谷时掉下的碎片。它们是被用什么工具打磨、搬运到这里的呢？在路面上我们发现了痕迹。路面上最不易被风化的部分留下了深深的平行痕迹，显示出这个地区曾经被东北部的冰川侵袭过。冰川扫过大山，扫落了大块的岩石，或被侵蚀或被打磨，打造成这样奇怪、原始、像被扫过的地表；而在冰河时代末期，一路上不断融化的冰川，把它们搬动的卵石随机留在了它们融化的地方。这真是个伟大的发现。至于我们已经穿过的那些森林，很可能就生长在同一片冰川带来的土壤沉积物上的，这些沉积物曾经是不同种类的冰碛，在后冰河时期的气候下被解体并分散开来。

冰川漂砾

在青草茂盛的草地外，在被冰川整平的花岗岩上，流淌着这年轻而欢快的落叶松溪，欢乐、愉悦、欢歌、舞蹈，形成闪亮的白色瀑布，闪烁着彩虹的颜色，直流往约塞米蒂下几英里的默塞德峡谷，在两英里的距离内落差达到三千英尺。

默塞德的溪流们都是出色的歌者，约塞米蒂则是主要支流汇合的地方。从离我们营地约半英里处，我们能俯瞰到这个著名的峡谷的底部，那些神奇的峭壁和树林，书写了一篇我情愿用一生来阅读的山之书篇。这大山是如此的广袤，而人生又是如此短暂，每当我们想到这一点的时候，我们不禁感叹，无论我们如何努力，对它的了解也少之又少。但何必为我们不可避免的可怜的无知而悲伤呢？外在的美总是显而易见的，总能轻易让我们的每一根纤维都为之颤动，尽管大自然的造物之道不为我们所知，我们还是能幸运地欣赏它的美景。继续歌唱吧，勇敢的落叶松溪，从你那雪山的源头新鲜淌下，拍打着、旋转着、歌唱着，奔往你命中注定的大海；一路上让遇到的每一个生命都得到洗浴、受到鼓舞吧！

这一整天我非常享受，漫步观察，沉浸在大山的影响中，画素描、做笔记、压制花朵标本，享用着新鲜空气和清新溪水。我发现了一株香气袭人的白色华盛顿百合，是我在内华达山脉见过的百合中最迷人的。它的球茎埋藏在杂乱的绒毛灌木丛下，我猜这样可以让它们远离乱翻的熊爪子；它那惊人的圆锥花序在被雪深深压住的灌木丛上方随风轻舞，体型巨大又勇敢的钝鼻蜜蜂则在它富含花粉的花朵里嗡嗡飞动。这可爱的花朵啊，值得让人忍饥挨饿地走上很远直到双腿酸软来一睹芳容。在这壮丽的景色中发现这株植物，让我觉得整个世界都丰富了起来。

一座木屋坐拥整个落叶松草地，如果到约塞米蒂的游客大量增加的话，这里能变成很有价值的驿站。掉队的队伍有时在这里停留。目前这座房子归一个白种男人和他的印第安妻子所有。

太阳下山的时候我沿着草地往上漫步，直到营地、羊群和所有的人类痕迹都远离了视线，我进入了一片肃穆古老的森林最深沉的宁静中。一切都闪烁着天堂般不可磨灭的热情。

七月十二日

“堂吉诃德”回来了，我们的朝圣之旅继续开始。“从山顶俯瞰约塞米蒂溪的附近，你只能看到岩石和一片片的树林，但当你走下去到布满岩石的沙漠中，你会发现无穷无尽的青草河岸和草场，所以这片土地根本没有看上去那么贫瘠。我们现在先去那里待着，直到高地的雪融化为止。”他说。

我很高兴听到由于高地的积雪，我们将不得不继续留在约塞米蒂地区，因为我实在是想尽量多地游览这个地区。我将能拥有更多欢乐时光，用来描绘、研究植物和岩石，单独在这伟大的山谷边缘漫游，远离羊群！

今天我们又见到一群来约塞米蒂的观光客。不知道为什么大部分的观光者对周围的壮丽景色漠不关心，但却不惜花费时间和金钱，忍受长途的车马劳顿来到这著名的山谷。一旦他们真正置身于这圣殿的山墙里，聆听到瀑布吟唱的圣歌，他们一定会忘我地投入，变得无比虔诚。在这圣山中的每一个朝圣者，都应该得到神的庇佑。

我们今天沿着默诺小径（Mono Trail）慢慢地往东行进，在午后不久我们就已经在瀑布溪（Cascade Creek）

岸边卸下行囊扎营了。默诺小径穿过了布拉迪峡谷通道（Bloody Canon Pass）跨过这道山脉，直通往默诺湖（Mono Lake）北端附近的金矿。据说这些金矿在最初被发现的时候蕴藏丰富，接着大淘金热开始了，让这条小径成了必经之路。因为这些地方的河床太软无法涉水通过，所以人们跨过溪流上的几座小桥，把倒下的大树砍断，又在灌木深处修建小道，方便庞大行李通过。但这条小径的绝大部分仍是一块石头一铲土都没有动过。

我们今天路过的树林里几乎全部是红冷杉，它们的同类白冷杉已经因为海拔原因被抛下了，而不断增加的海拔高度好像让红冷杉的魅力也不断增加。不过，“正义”仍旧会公正地对待这伟大的树木。有一处地方，很多红冷杉在某次暴风中被吹倒，因为那里的土壤沙化严重，无法让树稳稳地扎根。这里的土壤大部分是风化和分解后的冰碛物质。

羊群现在随心所欲地躺在光秃秃的岩地上，在充满绿意的环境里反刍胃里的食物。饭正在做着，我们的胃口一天天恢复了。低地的居民无法欣赏高山上的食物，包括用来烹煮这些重味食物的炊具。吃饭、行走、休息，都是同等的欢愉，清晨的时候，总让人有种想要像公鸡一样精力充沛地大叫的冲动。睡眠和消化的食物都像空气一样顺畅。今天晚上我们把有长长绒毛的树枝铺成床，还有小溪用瀑布的水声为我们吟唱催眠曲。我从没见过“瀑布溪”如此名实相符的小溪，因为我在我们营地的上游下游都观察过，这条小溪上接二连三都是水花飞舞跳跃的瀑布。而在它奔流的最后，它毫不疲倦地一跃而下三百英尺，落入约塞米蒂峡谷底部靠近落叶松溪瀑布附近，大致在山谷脚下的几英里之下。这个瀑布与约塞米蒂的一些著名的瀑布完全可以媲美。我永远也难以忘怀这些瀑布的欢快歌声，低沉的隆隆声，嚎叫着，怒吼着，清凉的水流拍打出银色的浪花，在彩虹色的水花下变化着身形，奏出美妙的乐曲；或者在宁静的深夜，那黑暗中的一条白练，多种声响使其显得更加雄伟。我发现一只小小的河乌——环颈鸫，在这里就像红雀在树林里一样舒适自在，而且水声越响，它仿佛越高兴。那令人头晕目眩的悬崖、水流迅猛冲击的力量、陡峭的瀑布的雷鸣般的水声，都令人心生恐惧，但这只小鸟却什么都不怕。它的歌声甜美而低沉，它飞越轰鸣的水面的身姿，无一不展示着力量、平和与喜悦。这些大自然的骄子筑巢在凶猛激流的边缘，溪水飞溅的浪花经常飞入它的巢穴，这时不禁令人想起参孙（Samson）的谜语：“源自强大力量的甜美”。在水潭的漩涡之中形成的水花泡沫，也比不上这小鸟那么美丽。温柔的小鸟，你给我带来了珍贵的消息。我们可能错会了激流的意义，但它们甜美的声音里面只有爱。

七月十三日

今天我们全天沿着约塞米蒂溪流域边缘朝东边前进，下到了快到谷底一半的地方，然后在冰川横扫磨出的平整的花岗岩上扎营，这可是铺床的坚实地基呢！我们在小径上发现了一只很大的熊的足迹，“堂吉诃德”于是就开始大谈特谈熊的故事了。我说我很想看看这足迹的主人是如何在林中前进的，想在不打扰它的情况下跟着它几天，了解这野外的王者的生活习性。“堂吉诃德”说，低地出生的从未见过熊的小羊羔，在闻到熊的气味时就会立刻惊恐地喘息着逃走，显示出它们是如何透过遗传继承了对天敌的了解。猪、骡子、马、牛都害怕熊，当熊靠近的时候，他们都会吓得要命，特别是猪和骡子。在沿海地区和内华达山脉地区，猪经常被一群群赶到山脚的草场，因为那儿的橡子很多，牧猪就像牧羊一样，每群有上百头猪。当熊出现在这个区域的时候，猪群会迅速地离开，像一个整体一样在夜间倾巢离去，让放牧的人毫无办法阻止。这样看来猪比羊聪明多了，因为羊群只会分散在岩石和灌木丛里，等待命运的裁决。骡子在发现熊的时候会像风一样逃走，无论有没有人驱赶它们；如果它们被系在桩子上，为了挣脱绳索它们甚至会折断自己的脖子，不过我还从来没有听说过熊咬死骡子或者马的事。据说熊特别喜欢猪，能把小猪囫囵吞下，连骨头都不剩，根本不挑部位。德莱尼先生特别向我保证说，这山间的熊都特别胆怯，猎人都觉得熊比鹿或者其他任何动物还要难以靠近，如果我真的想仔细观察它们，我必须像印第安人一样，有无穷的耐心来等待和观察，而且要把其他一切都置于脑后。

夜幕降临，波浪般的灰色岩石渐渐在黄昏里变得模糊起来。这片地区看起来如此的原始和年轻。就像从这里扫过的冰川昨天才消融一样，我们营地附近留下的冰川痕迹就像当时一样清晰。马、羊群和我们，事实上都曾在最平滑的地面上摔倒过。

七月十四日

在这山间的空气中，我们沉睡得像死去了一般，但在早上又能很快清醒过来，面对崭新的生命。宁静的黎明，天空先是出现黄色和紫色，然后金色的阳光潮涌而出，顿时世间万物都开始闪动发光。

一两个小时之后我们就到了约塞米蒂溪，这条溪流是所有约塞米蒂瀑布之源。和默诺小径交界的地方，溪水有四十英尺宽，现在的平均深度大约在四英尺左右，流速大约每小时三英里。这里离约塞米蒂山墙的边缘只有大概两英里的距离，在那里溪水会有个巨大的落差。平静、清澈，几乎无声无息的溪水，优雅地流走，岸边茂密地生长着细长的扭叶松，柳树、紫色绣线菊、莎草、雏菊、百合、楼斗菜等则分布在边缘。有些莎草和柳树的大树枝已经垂到激流里，就在这密密的树林外有一片阳光照耀的平地，是某次远古的洪水冲刷留下的沙砾沉积而成的。这里长满了无数荞麦属、绒毛蓼属和蓼科植物，花朵比叶片还多，长成平整的一片，只是因为一丛丛的马齿苋科灌丛而时有高低起伏。这片花海之后是一片波浪般向上岩石的坚硬花岗岩平原，在很多地方，被冰川削过的地面平整得能像玻璃一样反射太阳光。浅浅的低谷里有小树林，大多是扭叶松，因为长在土壤很少甚至没有土壤的地方，所以看上去都很纤细。还有一些西洋刺柏又矮又粗壮，有明亮的肉桂色树皮和灰色树叶，大部分都是孤独地矗立在太阳直射的路面上，远离野火的威胁。它们用小小的关节紧紧地抓住地面——这种山间生长的能抵抗暴风雨的树种，无论晴天还是雪天，都坚韧地生长着，千年不变。

朝盆地的顶部走去，我发现一些小丘升起在波浪般的山脊上，还有一些图画般美丽的城墙般的大岩石，还有深色的一片片一条条银杉林，表明那里的土壤非常肥沃。真希望我能有时间好好研究它们。在这个界限分明的盆地，一定能完成很多内容丰富的短途旅行。冰川在这里雕琢印记和雕塑，它们看上去如此宏伟，有多少珍贵的研究等着我们进行啊！黎明时分，我在这大山的高尚气质面前不由得兴奋得颤抖，但我却只能凝望着、赞叹着，就像一个孩子一样，在这儿那儿时不时地采摘一朵百合，希望我今后能够有数年的时间在这里学习和研究。

牧羊人和狗儿们花了很多时间和精力来把羊群赶过溪流，这是至今为止它们渡过的没有桥梁的溪流中第二大的。最大的一条是默塞德河北汊靠近鲍尔洞附近的地方。人和狗，怒吼着，嚎叫着，驱赶着因为胆小怕水而在岸边挤成一团的羊群，但没有一只羊儿愿意先下水。当这些羊挤在一起的时候，“堂吉诃德”和牧羊人就冲进这惊恐的羊群，催促最前面的羊过河，但这却让羊群有了后退的余地，它们便越过溪岸的树林，分散在布满岩石的路面上了。在狗的帮助下，这些逃跑的羊群又重新被聚拢在一起，面对溪流，这拥挤的一群又一次被冲散，恐惧而野蛮的叫声似乎让溪水都泛起了波澜，惊扰了来自全世界各地的游客正在欣赏着的瀑布乐曲。“把它们拦在这儿！现在就拦住它们！”“堂吉诃德”大声嚷着，“前面的羊很快就会受不了这压力，会愿意下水的，接着所有的羊都会跟着跳下溪水急忙过河的。”但羊群却根本没按他的想法行事。它们总是几十或者上百只往后撤退来逃避这驱赶的压力，让美丽的溪岸一再被践踏。

只要有一只羊过了河，其他的就会很快跟过去，但却没有一只羊愿意做这出头鸟。他们抓住一只小羊，把它运过了河，然后绑在对岸的树枝上，这只可怜的小羊哭喊着呼叫它的妈妈。但尽管非常担忧，这只母羊还是只敢用叫声来回应。利用母爱的招数失败了，我们担心我们必须得绕很远的路，一条条地跨过这条溪流分布广阔的支流们。这需要耗费好几天的时间，但好处是我可以见到这条著名溪流的源头了。但是"堂吉诃德"决意要在这里渡河，他开始砍下岸边细长的松树在河边达成了一个畜栏，把这拥挤的羊群堵截在里面。因为溪流是整个围堵的另一面，所以它相信羊群会很容易被赶下水。

这个围堵工事几个小时之后就完成了，这些愚蠢的动物被迫挤得越来越紧，紧挨着河边。这时"堂吉诃德"在这拥挤的羊群中冲出一条路，于是几只倒霉的羊被拥挤的力量推进了水里；但这些吓坏的羊却没有过河，而是绝望地尽全力靠着河边游动，试图能重新回到羊群中。接着又有十几只羊被挤了下去，鹤立鸡群般站在羊群中的"堂吉诃德"跟着跳下去，像是一只天生的水禽一般，抓住一只挣扎的阉羊，把它拽到了对岸。但他刚一放手，这只羊就跳进水中，朝着它那被关在畜栏里惊恐无比的同伴们游了回来，这证明羊的天性就像地心引力一样，是不可改变的。我觉得，就算是森林和畜牧之神潘吹着他的排箫来这儿，也不会有什么改变。现在我们几乎束手无策了。这些愚蠢的动物宁死也不愿过河。开会商量之后，浑身湿透的“堂吉诃德”认为现在唯一可能管用的就是“饥饿疗法”了，所以我们可以舒舒服服地在这里扎营休息，让这些畜栏里面的羊群越来越饿越来越冷，希望这样能让它们明白道理——如果它们真有理智的话。被晾在一边几分钟后，羊群中被挤在最前面的一个冒险者跳进水里，勇敢地朝着远处的河岸游过去。突然间所有的羊都急急忙忙地跳下水，在水中互相践踏，而我们只能徒劳无功地想把它们拉回来。“堂吉诃德”跳进因为溺水而喘息着、发出咕噜声的羊群中，把它们朝左右两边推开，就像推开浮动的木头一样。水流的力量也让羊群分开，羊群很快就形成一条长长的弯曲的纵队，几分钟后就都上了岸，开始咩咩叫着吃草，就像什么事情都没发生过一样。幸好一只羊都没有被淹死。我本来还以为几百只羊会被冲下世界最高的瀑布，冲进约塞米蒂河，开始命运中的浪漫旅程。

这一天过得很快，我们在离岸边一段距离的地方扎营，让这群湿漉漉的羊分散开觅食，直到日落为止。羊群现在身上都晾干了，安静地反刍着胃里的食物，整个羊群现在看上去平静、舒适，之前水中大战的痕迹已经烟消云散了。就算是把鱼赶出水面也比把这群羊赶下水来得容易。羊的脑子一定不怎么好使。想到鹿群可以安静游过宽阔而湍急的河流，在大海或者湖泊里从一个岛游到另一个岛。或者狗，甚至松鼠都胜过羊群；传说松鼠可以利用尾巴当作风帆，踏着精心挑选的木块，舒服地在微风中调整方向，渡过密西西比河，相比之下，今天羊的表现实在太差。一只羊简直没有资格被称作是一只动物，要整整一群羊的智商才勉强算得上一只愚蠢的动物。

七月十五日

我们先沿着默诺小径爬上盆地东边的山脊，几乎到达了顶峰，然后朝南穿过一个小小延伸到约塞米蒂边缘的深谷，这时已近正午，我们扎营住下了。午餐过后我急忙爬到高地，从印第安峡谷西侧的山脊顶部俯瞰我此生见过最壮美的群山峰峦。默塞德河上流大部分盆地都能一览无余：雄伟的山峰和山谷、往上延伸的深色森林，一排壮丽的白色山峰延伸到天际；每帧景色都闪烁着、释放着美丽的力量，就像烈火的热力一般，渗透进我们的肌肤骨骼。阳光洒满大地，一丝风都没有，一切安详沉静。我从未见过如此壮丽的景观，这雄伟的山间美景仿佛无穷无尽，没有边际。即使用最夸张的语言向一个从没到过这里的人讲述这里的景色，也难以描绘出覆盖在这片山脉上的壮美和灵气。在一片无法自已的狂喜中，我禁不住手舞足蹈大喊起来，让跑来找我的圣伯纳犬卡罗吃了一惊，它那充满智慧的眼睛里流露出迷惑而担心的神情，让人觉得忍俊不禁，不过这也使我恢复了理智。看上去还有一头灰熊也欣赏了我这洋相百出的演出，因为我走出几码远就在一丛灌木里发现了它。很明显它认为我是危险分子，所以飞快地逃走了，匆忙中还被绊倒在一株熊果上。卡罗退了回来，耳朵好像因为害怕而低垂着，而且不断地望着我的脸，就像在等着我追上去开枪一样——毕竟它这辈子已经经历了好多次人熊大战了。

沿着这朝南渐渐往下倾斜的山脊，我终于来到印第安山谷和约塞米蒂瀑布间那块巨大的峭壁之上，这时那声名远播的峡谷顿时完整地出现在眼前。那壮丽高耸的大山墙——被雕琢成无数形状各异的圆丘和三角墙，尖顶和城垛，还有没有任何修饰的垂直的峭壁——一切都在瀑布巨大水流的轰鸣声中颤抖。底部则被装饰得像一个花园——一片片阳光明媚的草地、松树橡树的树林、默西河（River of Mercy）雄伟壮丽地贯穿其中，映射着炫目的阳光。壮观的提赛克（Tissiack）峰，又称半穹顶（Half-Dome）山，从山谷上部突起，约有一英里高，像有生命一样完美对称，这最引人注目的山峰，激起眼睛最虔诚的崇拜，把目光一次次地从瀑布、草坪、甚至大山之外拉回来——那些神奇的峭壁，它那令人眩晕的高度和雕琢的精美，堪称持久力的典范。数千年来，它们一直经受这雨水、冰雪、霜冻、地震和雪崩的考验，却仍然释放出青春的活力。

我沿着山谷的边缘朝西漫步，大部分的地方边缘都被磨圆了，所以很难垂直沿着大山墙往下看到谷底。在能直接俯瞰的地方，我小心翼翼地站稳脚跟，挺直身体，我禁不住有点担心脚下岩石会滑落，导致我直接掉下去，坠入深渊！那可是三千多英尺深啊！但我四肢并没有颤抖，我对我双脚的信任也没有丝毫的动摇。我唯一的担心是一小片花岗岩会脱落，因为在有些地方出现或大或小的豁口，裂缝甚至与岩石的表面平行。每次从那种地方退回来，我一边为看到的景色而激动，一边会警告自己："下次再也不要去那么靠边的地方了。"但面对约塞米蒂的美景，警告是没用的；在这美景的魔力之下，身体好像自主地去了自己想去的地方，而我们似乎对此毫无能力掌控了。

在这难忘的峭壁漫步一英里之后，我来到了约塞米蒂溪，欣赏它从狭窄的河道里勇敢地奔涌而出后那轻松、优雅、自信的姿态，在它山间生命的最后一程上歌唱着，奔向命运指引的海洋——在闪耀的花岗岩上流淌一段之后，以华丽的泡沫姿态跃下半英里的高度，进入另一个世界，迷失在默塞德河里。那儿的气候、植被、生物都全然不同。从最后一个峡谷奔流而出之后，它化身为一道宽大的蕾丝般的激流，流下光滑的斜坡进入一个水潭，在那里，它稍事休息，形成灰色、激动不安的水流，然后再进行它最大的跳跃，最后慢慢地滑过水潭的唇状边缘，通过另一个光滑的斜坡，迅速加速后越过那巨大的峭壁的边缘，带着它那庄严的、宿命般的信心自由地跳跃空中。

我脱下鞋和袜子，小心翼翼地沿着这奔流的溪水向前走，同时手足并用，紧紧地扣住光滑的岩石。低吼着、嚎叫着的水流，在离我头很近的地方冲过，让人非常兴奋。我预计这倾斜的坡道会随着山谷垂直的峭壁而结束，这样我就可以从它那不是那么陡峭的底部，探出身子来观察瀑布一落到底的形态和动作。但是我发现那里有另一块岩石，对于我这凡人的双脚来说太过陡峭，我也无法越过它看到下面。仔细地观察之后，我发现在最边缘有一个大约三英寸宽的狭窄突岩，刚好能够让我的脚跟站上去。但好像要跨过那陡峭的岩石去到那里不太可能。经过很长时间对岩石表面的观察，我终于发现岩石的一个小块不规则边缘，离激流有一段距离。如果我能下到边缘的那块不规则岩石上，说不定能让我的手指有个支撑，这是唯一的办法了。但它旁边光滑又陡峭的斜坡看上去非常危险，我的下面、上面、旁边都是轰鸣而过的激流，让人神经非常紧张。我本来决定不再前行，但却还是禁不住冒险了。附近岩石的缝隙里长出了蒿属植物，我把它苦涩的叶子塞了满满一嘴，希望这能让我免于眩晕。接着，借着平日少见的谨慎，我慢慢地下到了那块小暗礁，让我的脚跟稳稳地踩在上面，然后水平移动了二十到三十英尺，直到接近了奔涌而下的水流——这水流在下降到这个高度的时候已经呈现白色。这里我可以一览无余地朝下看到瀑布的坠落，看到了这雪白、有节奏的像流星般坠落的水流的中心，瀑布主体之后便迅速地飞溅开了。

我站在那狭窄的小缺口上时，并没有特别地担心我自己的安危。因为近在咫尺的瀑布在形态、声音和动作上的巨大震撼，抚平了我心中的恐惧，而且在那种地方，人的身体会下意识地小心谨慎的。我已经说不清我在那里待了多久，以及我怎么回来的。无论如何，我在那里的时光真是特别美好，天黑时分我回到了营地，但极度的兴奋之后无聊的疲惫感随之而来。今后我要尽量避免让人神经过分紧张的地方。不过今天的冒险还是值得的。我第一次见识了内华达山脉高地，第一次俯瞰约塞米蒂瀑布，第一次聆听了约塞米蒂溪的死亡之歌，以及第一次见证它从巨大的峭壁上飞流而下，上述的每一样都是值得珍藏一生的美景——今天是最最值得纪念的一天——如有可能，甚至会让人不惜为这一狂喜而死。

七月十六日

昨天下午的喜悦，特别是在瀑布顶端时的狂喜，让人难以安眠。昨天晚上因为神经紧张我不断惊醒，保持一种半醒半睡的状态，想象着我们扎营的大山基石土崩瓦解，跌落进了约塞米蒂山谷。我徒劳无功地数度爬起来想重新进入一段安稳的睡眠。我的神经实在绷得太紧了，我一再梦见自己在一次巨大的雪崩上飞过，脚下是崩塌的水流和岩石。一次，我甚至一下跳了起来，喊道："这次来真的了！——全都要死了。这是登山者最荣耀的死法了！"

太阳刚升起我就离开了营地，朝东边慢慢走了一天。越过了印第安盆地（Indian Basin）的顶端，那里的森林植被以红冷杉为主，树下则生长着山白刺美洲茶和熊果属植物。很难踩着这两种植物混生的灌木走过去，也很难从中间穿越，因为山白刺美洲茶有刺，而且在雪的挤压下长得紧紧的，而熊果则长着异常弯曲而且又结实的树枝。从峡谷顶端穿越北穹顶（Dome），直达穹顶溪或称波丘派恩河（Porcupine Creek）盆地。这里的树林间有很多不错的草地，这里的小豹纹百合和它的伙伴们快乐地生长着。目前海拔约有八千英尺，看上去是最适合它们生长的高度——我发现有的植株甚至比我还高一两英尺。再次欣赏了高山迷人的美景以及南穹顶的风光——这据说是世界上最巨大的岩石了，这倒是有可能的。它的尺寸和形状都是如此宏伟，一个神奇的、令人印象深刻的自然遗迹，尽管形状巨大，但它的线条还是如此细致，就像一件精美的艺术品，栩栩如生。

七月十七日

今天我们在一片巨大的银杉林里建立了新的营地，这里是一条流过印第安峡谷通往约塞米蒂河的小溪的上游。我们计划在这里停留几个星期——这可是我在周围大山谷和溪流作短途旅行的最佳地点。我将在这里度过美好的时光，用来给我那快乐的邻居们——野生动物和奇妙的植物画素描、做标本、进行研究。但远方的大山啊！我是否能有机会认识它们呢？是否能被允许来到它们中间与它们一起生活呢？

我们在中午遭遇了一阵短暂而猛烈的暴雨，低沉的雷声在大山峡谷间回荡——有些雷就在附近。雷神有着惊人的锐利感，在紧张清冽的空气中炸开；遥远的山峰则透过云缝和雨帘，在远处若隐若现。现在暴风雨已经过去，被雨洗刷过的清新空气充满了花园和树林的芬芳。约塞米蒂冬季的风暴一定是非常壮观的。希望我能有机会见识！

新营地里我的床也搭好了——又松软又舒服，还带着诱人的香气，它主要是用红冷杉的羽状叶片做的，当然也有各种香气甜美的花朵塞在枕头里。希望今天晚上不要再做那些令人神经紧张的梦了。我还见到一只鹿在啃食美洲茶属植物的叶子和小枝。

七月十八日

昨天晚上睡得相当好；山谷四周的大墙没有倒塌下

来，不过我仍然想象自己站在白色的、奔涌着的滚滚洪水边上，尤其是在半梦半醒间这种感觉更为强烈。奇怪的是，当我现在身在这远离瀑布一英里外平静的树林的中心时，那次探险的危险反而比我在瀑布边缘的时候，更让我心惊肉跳呢！

从脚印来看，这里是熊经常出没的地方。中午我们又遭遇了一场雷雨，惊人的雷声如同金属撞击的叮当声一般，又渐渐地消散成低沉的轰鸣声，最后慢慢消失在远方。有几分钟暴雨倾盆而下，就像瀑布的激流一样，紧接着落下的是冰雹，有些冰雹直径达到一英寸，它们又硬又冷，外形不规则，就像威斯康星经常出现的冰雹一样。卡罗用闪烁着智慧光芒的双眼惊奇地看着冰雹敲打着树上颤抖的树枝。空中的云非常壮美。下午平静安宁，阳光清透灿烂，杉树、花儿和冒着蒸汽的地面都散发出诱人的清新香气。

七月十九日

我今天观赏了黎明日出的美景。浅玫瑰色和紫色的天空慢慢幻化成水仙花的黄色和白色，阳光从山峰间穿过，洒在约塞米蒂穹顶山上，让山峰的轮廓看起来就像着了火。中间地段的银杉塔尖般的树顶迎到第一缕朝阳，我们扎营的树林里也被这绚烂的光芒充盈着。万物都喜悦而警觉地醒了过来；鸟儿们开始惊扰无数虫子居民。鹿儿静悄悄地退回到灌木深处的叶片掩映下的藏身之处；露珠慢慢蒸发了，花儿展开了花瓣，每个脉搏都在兴奋地跳动，每个生命细胞都在欢欣雀跃，每块岩石都仿佛有了生命般地欢喜着。整个景致就像一张因为热情而发光的脸，而那地平线附近呈现出浅色的蓝天，像一朵巨大的花朵，弯下腰身笼罩着万物。

和往常一样，中午时分积雨云开始堆积在森林上空，我见过最壮观的一次暴雨从天而降。之字形的闪电像银色的长矛一样划破天际，比平时更长；金属敲击般的雷声低沉、震撼人心，而且特别集中，那聚集的力量好像每一击都能让整座大山裂开。但实际上可能只有几棵树被震碎，因为我以前在周围散步的时候看见过有残枝散落在地面。最后，清脆的雷声被低沉的隆隆声取代，随着它们滚向远处传出回音的大山，渐渐烟消云散，仿佛回到了山里的故乡。接着一波又一波隆隆的雷声，或

约塞米蒂上空的雷雨

者说撕裂天空般的震裂声很快传来，有些巨大的松树甚至从头到脚被劈开，成为长木块甚至小碎片四散开来。接踵而来的是同样规模宏大的暴雨，无论地势高低都被笼罩上一层流水织成的雨帘，让这崎岖的地面仿佛覆盖着一层透明的皮肤，岩石仿佛都闪烁着光芒，沟壑里积累的水流、溪流里涨满的洪水，都在吼叫着回应空中的雷声。

回顾一滴雨水的历史将是多么有趣的事情啊！从地质学的角度上来讲，如我们所见，从第一滴雨水滴落在新生且光秃的内华达山脉地面上的历史并不长。但现在落下的雨水是多么的不同呀！落在这野地里的雨滴是多么的快乐啊！几乎所有雨滴都能找到一个美丽的地点落下——在山巅上，在闪闪发光的冰川路面上，在巨大光滑的穹顶山上，在森林、花园、灌木丛生的冰碛沉积土上，拍打着、闪烁着、冲刷着。有些落进了高山上白雪皑皑的水之源头，补充进了原本就丰富的水源；有些落在湖里，清洗着大山的窗户、让那玻璃般的水平面泛起了涟漪，激起小小的漩涡和泡泡，飞溅起水花；有些则落进瀑布里，仿佛是迫不及待地想加入瀑布的歌舞秀场中，让水流溅起的泡沫更加细腻；这些辛勤工作的快乐的山间雨滴啊，祝你们一路好运。它们每一滴都是高处落下的瀑布，从云中王国的峭壁山谷落到岩石国度的峭壁山谷里，从天空中的惊雷中跃进河水轰鸣的雷声里。有的落在草地上、沼泽里，它们悄悄地逃出了人们的视野，投奔了草木的根部，舒舒服服地就像是藏在小窝里，慢慢沉入地下，从这儿那儿地游走，直到完成分配给它们的工作。有些则沿着树林的塔状树顶渐渐滑落，透过那些闪亮的针叶洒落下来，互道着欢乐与和平的问候。有些则闪耀着光芒奔向快乐的目的地：矿石晶体的表面——石英石、角闪石、石榴石、锆石、电气石、长石——拍打在金矿石和因长途跋涉而严重磨损的天然块金上；有些拍打在藜芦、雨伞草、兜兰属植物宽阔的叶面上，发出沉重、低沉的啪啪声。有些快乐的雨点直接落到花萼中，亲吻到百合的芳唇。它们经历了多长的旅途，装满了多少无论大小的花萼、不管是肉眼都看不见的小细胞，只能装半滴雨水的花萼，还是山间湖泊，都在同等的眷顾中再度充盈，每一滴雨水都是新生的银色星星，湖泊河流、树林花园、山谷山顶都映射出它们的晶莹之光。它们是上帝的使者，是爱的天使，带着神圣与壮丽的力量，让人类最伟大的演出都显得荒谬可笑。

现在暴雨停止了，天空一片清朗，最后一阵雷声的轰鸣已经消失在山峰之上，刚才那些雨滴去了哪里——那些闪亮的精灵现在成了什么模样？在升起的蒸汽中，有些雨滴已经着急着回到天空，有的已经进入了植物体内，正通过那些看不见的门进入细胞的圆形房间里，有些被锁在了冰晶里，有些在矿石晶体里，有些在多孔的冰碛里，形成细小的泉水继续流动，有些已经在河里开始了旅程，去与海洋里面的雨滴汇合。从一种形态到另一种形态，从一种美到另一种美，一直变化，从不停息，它们全都带着爱的热忱一直加速，与星星一起吟唱着永恒的创造之歌。

七月二十日

早晨美好又宁静，空气清冽，一丝微风都没有。一切都闪耀着光芒，带着潮湿的晶体的岩石、挂着露珠的植物，都得到了它们的一分闪烁着彩虹光芒的露珠，就像动物吃到早餐一样，这天赐的露珠就像从布满繁星的天空中飞下来的一群小星星一样。这露珠的分子是多么的神奇而精致啊，一滴里面有成千上万个，就像青草一样在黑暗里静静生长。为了保持这野地的健康，要经历多少痛苦啊——大雪纷飞，大雨瓢泼，露珠滴落，阳光倾洒，还有无形的蒸汽升腾，多云、大风等各种天气的洗礼，植物与植物、动物与动物间的互动，超乎人类的想象。大自然的方法是如此之精妙。那一重又一重的美是多么的深厚。地面覆盖着矿石晶体，晶体覆盖着苔藓、地衣和低矮的青草与花儿，体型较大的植物的叶片交叠覆盖，形状和颜色各不相同，冷杉的巨大叶片又覆盖在它们上面，蔚蓝色的天空则像花萼一样笼罩其上，还有那一颗高过一颗的星星。

远处屹立着南穹顶山，它的穹顶远高于我们的帐篷顶，而它的地基却在我们下面四千英尺。最宏伟的岩石啊，它看上去就像思绪满腹，身上披着生机勃勃的阳光，一点都不像是一块了无生气的岩石，而是充满了灵性，不轻也不重，像神祇一般稳稳地矗立在大地上。

我们的牧羊人是个性格古怪的人，与这野外显得格格不入。他的床是在松软的红色腐殖土里挖出的一个洞，旁边靠着南面畜栏上的一根木头。现在他穿着那神奇的永远不用换的衣服躺在床上，裹着一条红色的毯子，呼吸着腐木和畜栏的尘埃，在白天嚼了一整天烟草之后，还必须在夜晚呼吸一整晚含氨的气体。他跟在羊群后的时候，腰间的皮带上一直挂着一把沉沉的装有六发子弹的手枪，另一边则挂着他的午餐。他的午餐袋是一块很有些年头的布，里面放着刚刚出锅的肉，里面清亮的油脂和肉汁透过这层滤布滴下来，就像悬在他右边大腿和臀部上的钟乳石。但这层油脂物质很快就被打破了，因为随着他坐在木块上时不断地摩擦、跷腿等动作，这层油脂散开在他那身紧巴巴的衣服上，让他的衣服和裤子都变得油光闪闪而且防水。特别是他的裤子，因为积累的混合油脂和树脂，已经变得很黏糊，以至于松针、小片的树皮、动物毛发、云母片、石英石和角闪石小碎片、羽毛、种翅、飞蛾蝴蝶的翅膀、无数昆虫的断腿、触角，甚至小甲虫、蛾子、蚊子这样的整只小飞虫，还有花瓣、花粉之类都附在上面，实际上，整个地区所有的植物、动物、矿物的一部分都附在上面甚至稳稳地嵌在里面。所以尽管他完全与自然学家搭不上关系，但他搜集了所有动植物的碎片标本，其实比他自己想象的要富裕得多。他搜集的标本还挺新鲜的，因为它们一直被保存在周围新鲜的空气中，而且包裹在沥青般的油脂中。每个人都像一个微型宇宙，至少我们的牧羊人，或者说他的裤子是。这条珍贵的连体裤从来没被脱下来过，也没人知道它到底有多旧，只能通过它的厚度和同心圆的结构来推测。与一般裤子越磨越薄不同，它反而越穿越厚，而且那一层又一层的物质堆积在地质学上可是有不小的意义了。

除了赶羊之外，比利还兼任屠夫，而我则负责清洗铁制和锡制的炊具以及烤面包。当这些小杂务都完成，太阳已经升起在山峰上，我就远离羊群，开始自由自在地漫游在这山间，享受野外这不朽的美好时光。

今天我在北穹顶山上画素描。里面包含除了几座高山之外的所有山谷。我愿意把能看到的所有东西都画下来——岩石、树木、树叶。但是除了简单的线条勾勒之外，我能画出来的很少——这些有意义的符号就像文字一样，只有自己能读懂——我却仍然削尖铅笔自己描绘，就像能对他人有所裨益一样。这些图画是会像落下的树叶一样随风而去还是会像信一样寄给几个朋友，这都无所谓了。因为如果没有亲眼看过这野外的风景，这些画也无法传递真正的感受，它们就像一种语言，必须经过学习才能明白。这里没有痛苦，没有无聊的时光，没有对过去的恐惧，也没有对未来的担忧。这些被神庇佑的山间充满了上帝之美，渺小的个人愿望与经历在这里不足挂齿。饮一口这香槟般的水是一种纯粹的愉悦，如呼吸这新鲜的空气也是如此；每一次四肢的举动都是欢愉，整个身体暴露在这美景之中，仿佛能真正感受到这美好，就像能感受到篝火或者阳光一样，不仅仅是通过眼睛去感受，而是像感受辐射的热能一样，这美好的感觉进入整个躯体，让这热情喜悦膨胀得无法解释。人的躯体顿时变得彻底清透了，如若透明的水晶。

在这约塞米蒂穹顶山上休息，我晒着太阳，凝望着美景，描绘着素描，不时陷入对这周遭美景深深的崇拜中，虽然知道不太可能了解到太多，但仍然止不住地期望和努力，匍匐在上帝伟大力量前，摒弃自我，希望能从上帝这神圣的手稿中学到真知。

感受约塞米蒂的伟大，比试图去理解或者用任何方式解释，都要更容易些。岩石、树木、溪流是如此细致和谐，它们各自的雄伟几乎都被这和谐所掩盖。三千英尺的峭壁上密实地覆盖着高大的树木，就像低地山丘边缘上的青草一样，延伸到这些峭壁的脚下的是一英里宽、七到八英里长的草带，看上去就像是一个农夫能在一天内割掉的草皮。五百英尺到一两千英尺高的瀑布，在它倾泻而下的峭壁面前显得如此渺小，仿佛是一缕青烟、一朵白云，但它的声音却充斥着整个山谷，震撼得地动山摇。沿着西边天际绵延的大山，前面耸立的穹顶山，以及之间波涛般起伏的山脉，一浪高过一浪，它们的山谷里长满了宁静的深色树林，生气勃勃而美丽无比，隐藏起整个约塞米蒂的神庙般的伟岸，让它成为这一片和谐的大地上一个不起眼的组成部分。在这里，试图仔细探索欣赏任何一个细节的努力，都会被其他所有景物的排山倒海般的影响力所摧毁。而且仿佛这还不够！天空中又升起一片大山般的云彩，崎岖的地形和庞大的外观和它下面地上的山一样——白雪皑皑的山巅和穹顶、阴影覆盖的约塞米蒂山谷——这简直就是雪中内华达山脉的另一个版本，暴风雨预兆下形成的新版本。大自然热爱美好的温柔之下，却又同时拥有激烈执着的狂野！她描绘出百合，精心地浇灌，像园丁一样用温柔的双手一朵接一朵地爱抚它们，同时她却制造出雷雨交加的云中大山和岩石大山。幸运的是我们跑到一片悬空的峭壁下躲雨，还观察了令人安心的蕨类植物和青苔，它们就像是生长在岩缝里的温柔的爱的象征。雏菊和常春藤也是一样，如同满怀信心的野地之子，那么弱小，让人毫无畏惧。面对它们，人心自然感觉到回家般的温暖，外面狂风暴雨的声音也变成了温柔的细语。雨后太阳露出了脸，地面升起香气浓郁的蒸汽。树林边上小鸟又开始歌唱。西边的天空燃烧着金色和紫色的云彩，为日落的仪式做好了准备。我带着我的笔记和素描回到营地，但最好的画儿却被描绘在我的脑海里、梦乡里。硕果累累的一天，没有确切的开始和结束。一种人间的永恒。一份上帝恩赐的礼物。

我给母亲和一些朋友写了信，每封信都含着大山的启迪。他们仿佛就在声音可以传到的范围内，仿佛就在我身边。越是宁静，寂寞感越淡，感觉和我的朋友们越近。吃完面包喝完茶，躺在冷杉床上，向卡罗道一声晚安，望一望天空中的百合，渐渐沉睡，直至迎来山间的明日。

七月二十一日

继续在穹顶山上画素描——没有下雨，正午时分积云覆盖了大约四分之一的天空，给溪流源头那些白色的山峰抹上一片优雅的阴影，也在炎热时段给花园罩上一个阴凉的顶棚。

今天看见了一只普通的苍蝇、一只蚱蜢和一头棕熊。苍蝇和蚱蜢在穹顶的顶端愉快地拜访了我，而我则在山顶和营地中间的一片小花园草地拜访了棕熊，它正警惕地站在花丛中，仿佛乐意被人看见。我今天早上离开营地还不到半英里时，奔跑在我前面几英尺的卡罗突然警觉地停下来。它的尾巴和耳朵都下垂着，那灵敏的鼻子往前嗅着，仿佛在说：“哈，这是什么？我猜是一头熊。”接着它谨慎地朝前走了几步，像一只正在捕食的猫一样轻轻地落下它的脚步，探索着它在空气中闻到的气味，直到所有的疑虑都消失为止。接着它回到我身边，看着我的脸，用它那会说话的眼睛报告说附近有熊；然后它轻手轻脚、小心翼翼地往前走，就像一个经验丰富的猎人，不发出一丁点儿声响；它时不时地转头回望，仿佛在说：“没错，就是一头熊，跟上来吧，我带你去看。”现在我们来到接近开阔地的区域，阳光透过紫色的灌木和冷杉射了下来，卡罗到了我的身后，确切地表明离熊已经很近了。我爬上一块低矮的冰碛卵石，旁边是一片狭窄的花园草地，我感觉熊一定就在这片草地上。我急切地想在不惊扰它的前提下好好观察这位强壮的登山家，所以我悄无声息地退到最大的一棵树后面，只探出头的一部分，越过它凸起的树干往外看。熊邻居正站在咫尺之外，它的臀部被高高的花草遮住，前腿趴在一棵倒在草地上的冷杉树干上，头高高的抬起，仿佛直立。它还没有发现我，但是在全神贯注地倾听和观察，显然它已经由某种方式得知我们的靠近。我观察它的动作，尽我所能地利用这机会来更多地了解它，担心它一旦发现我就会逃走。因为我听说这种肉桂色的熊总是在发现邪恶的人类兄弟时迅速逃走，除非是受了伤或者是为了保护幼崽，它们从不主动发起攻击。它警觉地站在阳光明媚的森林花园里，就像一幅会说话的图画。它完美地扮演着自己的角色，让它巨大的身躯、颜色和蓬松的毛发和谐地与树干、丰茂的植被融合在一起，就像大地上的其他景物一样浑然天成。在从容地观察了它向前挺出的尖尖的鼻口部，它宽阔的胸膛上长而蓬松的毛发，它坚挺、直立、几乎埋在毛发里的耳朵、它缓慢迟钝地移动它的头部之后，我觉得我应该再观察下它跑动的步态。于是我突然冲向它，一边还大喊着挥舞我的帽子来吓唬它，希望这样能吓得它赶紧跑开。但让我失望的是它原地不动，而且也没有想跑的迹象。相反它稳稳地站着，做好战斗的准备来保护自己，低下头，鼻口部前伸，而且目露凶光地盯着我。这时我突然意识到可能需要逃跑的人是我。但是我不敢跑，所以我和熊一样，一动不动地站着。我们相隔十几英尺面对面站着，在一片庄严的寂静中互相凝望，此时我无比希望人类的眼神比野兽的眼神更有力量的说法是正确的。我也不知道我们这令人紧张的会面持续了多久，但最后它终于把它的前爪从木头上拿下来，非常从容地慢慢向草地上走去，时不时地停下来回头看看我是否在追逐它，然后接着走，很明显既不是很害怕我也不是很信任我。它的体重大概有五百磅，简直是一个巨大的野性集合体，但它也是一个快乐的家伙，在适宜它的地方愉快地生活着。我仔细观察它的这片鲜花盛开的林中空地，就像是一幅画一样美丽，是我至今见过最美丽的一幅，是大自然植物居民珍贵的温室。高大的百合在熊的身后摇曳着钟形花冠，老鹳草属、翠雀属、耧斗菜和雏菊则轻拂过熊的身体。与其说这是熊的地盘，不如说是天使之地。

在这片大峡谷中，熊是最高的统治者。这些快乐的家伙从未体验过饥荒，因为周遭有上千种属于它的食物。它的主食一年四季都不缺，就像食品商店的货架上一样，琳琅满目地摆满整座大山。它走过一座又一座山，攀上又爬下，享受各个气候带的不同美味，就像它已经旅行了几千英里，在南方北方的各个国家品尝当地的美食一样。我应该多了解些我这毛茸茸的兄弟——尽管在这头我的邻居约塞米蒂熊慢慢走出我的视线后，我不情愿地回到营地取来“堂吉诃德”的来复枪，想在必要时射死它以保护我们的羊群。幸运的是我并没有找到它，在朝霍夫曼山（Mount Hoffman）追踪了一两英里之后，我祝福它一路平安，并愉快地回到穹顶山上继续我的工作。

我坐下画素描的时候，还在继续回味刚才与熊的邂逅，尽管这已经结束了。而那只苍蝇就像在家里一样，嗡嗡地绕着我飞。我很好奇为什么家蝇会出现在这么高的山顶上，因为它们食量很大，又怕冷，而且喜欢家居环境。它们分布在各个大洲，丝毫不受海洋、沙漠、山脉的影响，而这些通常是植物和动物物种分布疆界的重要影响因素。甲壳虫和蝴蝶有时候被限制在很小的地区生活。一条山脉里的某一座山，有时甚至在一座山的不同区域都有着特有的物种。但苍蝇似乎无处不在。我估计即使大海中间的小岛也不会没有苍蝇的踪迹。约塞米蒂的树林里有很多绿头苍蝇，它们产卵能力惊人，总是有一大家子苍蝇围着腐肉转。这里也有大黄蜂，无穷无尽的花蜜和花粉让它们衣食无忧。蜜蜂在山脚地区数量众多，但它们还没有繁衍到高海拔地区。第一群蜜蜂被引进到加利福尼亚也不过数年前的事情。

蚱蜢是奇怪又快乐的小家伙。它们喜欢到高山上进行短途旅行，我不知道它们能抵达多高，但至少和约塞米蒂的游客们走得一样高一样远。今天下午我在穹顶山顶的时候，有一只蚱蜢为我唱歌跳舞，这让我觉得非常有趣，也感到衷心的快乐。它看上去满心欢乐，充满了喜悦的激情，跳跃到空中至少二十到三十英尺的高度，接着冲下来，然后再次跃入空中，在它冲到最低点的时候，还发出高亢的悦耳的咯咯声。舞蹈着，歌唱着，它

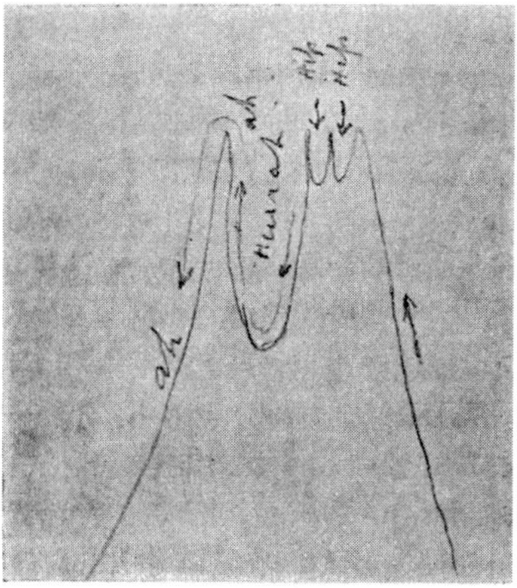

北穹顶山上唱歌跳舞的蚱蜢在空中的飞行轨迹

上上下下地跳跃十几次后，会稍微歇一会儿，然后继续跳跃。它从空中降落以及发出咯咯声时的曲线，就像一头悬挂起来的松弛的绳子画出的曲线一样，每次画出的曲线几乎是一样的。在其他或大或小的任何生物身上，我都没见过如此诚挚、热情、自在的生命之乐。这只滑稽的红腿蚂蚱，是大山里最快乐的孩子，它的生命仿佛是由浓缩的纯然快乐来组成的。说到欢快、活力、毫无压抑的快乐，只有道格拉斯松鼠能与它相提并论。庄重的大山会因为这只奇怪的动物而欢快、明朗了起来。松鼠体内的自然本能，让它在面对尘世间的沮丧和郁闷时，能像孩童般呐喊加油。我不知道它的叫声是怎么产生的。当松鼠在地面上的时候，或者它从一个地方飞往另一个地方的时候，一点声音也没有。但是当它在作曲线形的跳跃，往下跳的时候就会发出声音，仿佛只有这个动作才能产生声音。它跳跃得越激烈，发出的欢乐的咯咯声也越剧烈。它在表演的间隙休息时，我很想近距离观察它，但它却不让我接近，那弹跳的腿随时准备跃起飞翔，眼睛还一直盯着我。在穹顶山上这小家伙用舞蹈向我布道，这里倒挺适合上演莎翁剧本《皆大欢喜》里的石间布道一幕，却不适合蚱蜢布道。因为这凸起的讲坛实在太大，而布道者个子又太小。这世界无需担心膝盖的虚弱，因为自然之子能如此欢唱跳跃。即使是熊，也无法像这只滑稽的蚱蜢一般，如此生动地体现大山野性的强健、力量和快乐。它的天空中没有愁苦的乌云，它的未来里没有贫瘠的寒冬。对它而言，每天都是欢乐的假期，即使它的生命走到黄昏，我相信它会像树叶那样，飘落在森林的地面上，不留下难以入目、需要埋葬的残骸。

日薄西山，我必须回营地了。再见，三个朋友——棕熊，伊甸园般的花园和树林里，力量的集合体；那静不下来的苍蝇，薄纱一般的翅膀搅动了整个世界的空气；还有那生机勃勃的蚱蜢，像电火花一般的快乐让整个庄严的大山都充满了生气，就像小孩的笑声一样。谢谢你们，谢谢你们鼓舞人的陪伴。上帝保佑有翅膀和四肢的生物。晚安，三个朋友，晚安！

七月二十二日

一只很漂亮的黑尾鹿今天早上跳跃着穿过了我们的营地。这只顶着大大的鹿角的雄鹿，散发着令人惊叹的精力和优雅。野生动物美丽、有力而又优雅的动作，只能是大自然呵护下的产物，我们却还在根据家养动物的经验担心这些所谓被忽视的野生动物会逐渐退化。大自然畜养和教导的方法让所有物种都日臻完美。和所有野生动物一样，鹿就像植物一样干净。无论是处于警戒状态还是休息状态，它们的表情与姿态中都透出无比的美丽，甚至比它们生气勃勃地跳跃的时候更显迷人。它们的每个动作、每个姿势都非常优雅，充满诗意。人们常常认为大自然母亲并不是真正的母亲。但是她却智慧地、严格地、温柔地照顾和关爱着她的孩子，无论它们生长在何种气候和地理环境里。我越观察鹿，就越敬佩这登山家。它们靠着源源不绝的储备力量，进入最崎岖的荒凉之地，越过浓密的灌木带，穿过堆砌着倒地的树木和大块卵石的森林，走过峡谷，渡过溪流、雪地，一直展现这美丽和勇气。几乎在所有的土地上，鹿都能找到自己的安身之处。在佛罗里达的热带草原和山冈上，在加拿大的丛林里，在更北方生满苔藓的冻土带，鹿群游过湖泊河流，甚至游过波涛翻滚的大海，从一个岛到另一个岛，或者攀上陡峭的大山，在每一处都显示出它们的健康与能力，为大地景观增添姿色——这真是令人敬仰的生物，也是大自然伟大成就的体现。

今天我描绘了一棵生长在营地东边几百英尺的山脊上的巨大银冷杉。这美丽的大树与一个暴风雪的故事有关。它大约有一百英尺高，生长在光秃秃的岩石上，植根在不到一英寸宽的一条岩石风化裂缝里，并且向外延伸长成一个能够支撑它重量的根基。在它还是小树的时

南穹顶山，红冷杉

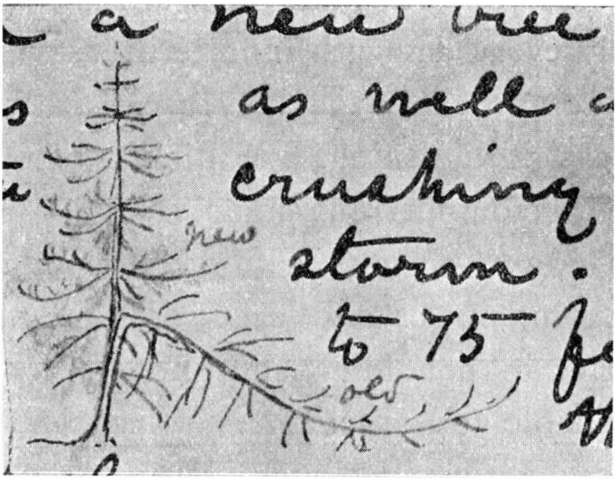

新的松枝从被雪压断的断枝下方生长出来

候，有一场来自北方的暴风雪从接近地面的地方把它吹断，这从它那向外折倒的死去的老树椏上可以看出来，但是被折断处又生出新的树椏，长成了一株新的树木。现在长出的新树干的年轮已超过死去的小树，并可以看出暴风雪发生的年份。幸运的是，水平生长在树干周围的枝椏当中，有一枝弯曲向上生长，取代了死去的枝椏，成了这棵冷杉的新树干。

还有很多其他的树木，包括松树和冷杉，都能证明那场暴风雪的残酷。有些高达五十到七十五英尺的树木被折倒在地上，像青草一般被埋在土里，整片树林都消失了，就像被彻底清扫干净一样，没有留下一根树枝、一根松针，直到春天到来，融化积雪。比较柔韧没有受伤的幼树在风的帮助下又站起来，有的几乎直立地生长，有的保持着一些或多或少的倾斜。被折断的树木则从断裂处下方的侧枝中培养一根成为新的树干。就好像一个背部被折断的人，被迫弯曲身子行走，但他后背慢慢侧生出新的脊柱，生出新的手臂、肩膀和头部，而旧的受损部位则慢慢死去。

中午时分，巨大洁白的云中的大山和穹顶像往常一样幻化出变化无穷的山脊和山脉，就好像大自然钟爱这项工作，每天都不停地重复，创造出令人永不厌倦的美。山间来了几次之字形的闪电，下了几分钟阵雨，然后就全都逐渐散去，还天空以晴朗。

七月二十三日

中午云中王国又显示出让人永远看不厌的力与美，这美丽无论是用文字还是图画都无法描述。可怜的人类能怎么描述云彩呢？正当你尽力去描绘它们巨大闪亮的穹顶和山脊、阴影中的鸿沟和山谷、带着羽毛般边缘的深谷时，它们就消失了，不留下一丝痕迹。无论如何，这转瞬即逝的云中大山与地面上更经久的花岗岩的大山一样巨大真实。它们都由生到死，这中间的时间长短在上帝的日历上并没有差异。我们只能在疑惑、崇拜、敬仰的心情中幻想，即使是告诉一个最有远见的朋友，他也无法理解这欢乐，我们只能庆幸每一块晶体、每一滴水蒸气，无论是坚硬的还是柔软的，都不曾真正消失；它们暂时的退去只是为了以更加美丽的姿态重新出现。至于我们自己的工作、职责、影响等，尽管造成了无数的喧嚣与忙乱，但大自然仍会产生她预期的效应，即使我们像岩石上的苔藓一样安静。

七月二十四日

今天中午阴云大概覆盖了一半的天空，半个小时的大雨冲刷后，大地无比清新。洗得真干净啊！路面、山脊都因结冰而闪烁着光泽，穹顶、山谷、山巅的积雪就像是浪花尖上顶着的泡沫一样，这一切如海水一般一尘不染。最后一丝云彩从天空被抹去之后，树林显得多么的新鲜和平静啊！几分钟之前，每棵树都激动着向暴风雨鞠躬致敬，热情万分地飘舞着、挥动着它们的枝桠，就像在祭祀一般。但尽管现在这些树木外表已经安静下来，它们的歌声却从未消失。每一个隐藏的细胞都因为音乐和生命而悸动，每根纤维都像竖琴的弦一样颤动，含有香脂的花朵和叶片中则源源不断地散发出香气。毫无疑问小山和树林是上帝最初的神庙，越多的树木被砍倒建成教堂，上帝本身的光辉就显得越黯淡。石头庙宇也是一样。在我们扎营树林东边的远方，矗立着一座大自然的教堂，它是从充满生气的岩石上削出来的，造型接近传统，约两千英尺高，树顶和山巅把它装饰得庄严宏伟，它在阳光的照射下颤抖着，就像树林教堂一样拥有生命，并被贴切地命名为“主教峰”(Cathedral Peak)。即使牧羊人比利有时候也会转头看看这座伟大的山之建筑，尽管他对石头的布道是充耳不闻的。他对上帝之美的视若无睹，完全就像在火里不会融化的雪一样，令人感到惊奇。我曾经试图劝说他到约塞米蒂峡谷的边缘去看看风景，还主动提出帮他照看一天羊群，让他能够有机会欣赏全世界的旅客长途跋涉来看的风光。但尽管离那著名的峡谷只有一英里的距离，即使只是为了满足好奇心也值得一去，他却拒绝了我的提议。他说："约塞米蒂也就仅仅是一个峡谷，很多石头，地下的一个大坑而已，掉下去会很危险。这种地方最好离远点。""但是想想那些瀑布啊，比利，就想想那天我们穿过的那条宽阔的溪流，从空中直落下半英里的瀑布，想想那个，还有它发出的声音。你现在都能听到，就像大海的呼啸声一样。"我就像一个极力传播福音的传教士一样，劝说他去约塞米蒂。"让我站那么高往下看我会害怕的，"他说，"我会头晕。那儿没有什么值得看的，只有石头，我在这里也能看见很多石头的。花钱来看石头和瀑布的旅行者都是傻子。好了，你骗不了我的。我在这儿时间够长了，不会上当。"我认为，这样的灵魂是在沉睡中，或者是在卑下的快乐与忧愁下被窒息了。

七月二十五日

又一片云中王国。有些云看上去就像熟过头开始腐烂了一样，湿漉漉脏兮兮的，被风拉扯成碎片和碎块，就像洒在天空中的垃圾。但夏日正午山间的云彩却完全不是这样。这些美丽的云彩都有分明的轮廓和弯曲弧度，就像冰川覆盖的穹顶山一样。大约十一点钟的时候它们开始生长，看上去离我们的营地那么近，那么清晰，让人忍不住想爬上去，追溯从它们阴影中泉眼里奔涌出来的像瀑布一般溪流的源头。从它们身上诞生的雨水都很大，就像岩石大山上飞落的瀑布一般，令人印象深刻。在我的旅行经历中，我从未见过比这正午云中大山更宏伟有趣的景色，它们美丽细腻的色彩、壮观的生长过程，永远不停变化的形状和整体效果，都是用笔墨难以描绘出来的。我常常想起雪莱关于云彩的诗篇："白雪穿过我的筛子，洒落在下面的山上。"

七月二十六日

漫步至霍夫曼山顶，一万一千英尺高，我的双脚完成的旅程中的最高点。我周围的美景多么壮观啊，新鲜的植物、动物、矿物晶体，还有无数比霍夫曼山高很多的大山，沿着这条山脊的轴心壮观地排开来，宁静、宏伟、覆盖着白雪、沐浴着阳光，巨大的穹顶和山脉闪耀着光芒，森林、湖泊、草地分散在山谷里，蔚蓝色的天空像风铃花一样笼罩着这一切——真是进入一片全新领域的伟大一天啊，大自然仿佛在呼唤着：“来高处吧！”对这壮观的表演，我问了很多问题，却又只了解了那么一点，我是多么急切、衷心地希望有一天能更多地了解和理解这页充满着神圣的符号的篇章的意义啊！

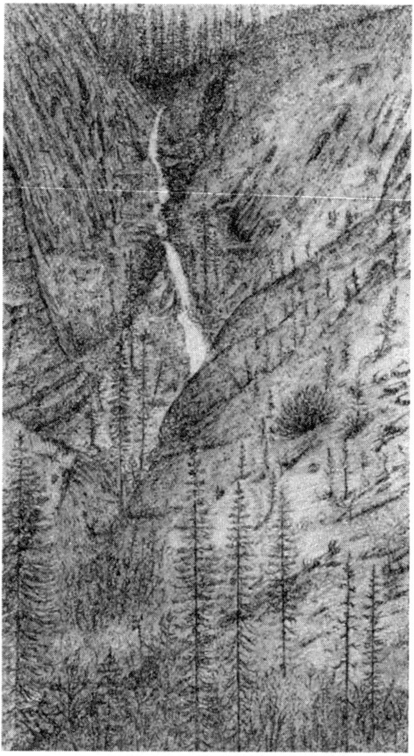

从穹顶溪到约塞米蒂

霍夫曼山是这条山脊上最高的部分，从主山脊的轴心延伸出大约十四英里，它可能是不均衡的风蚀作用残留的遗迹，被从主体山脉隔离开来。水流从南边的斜坡流进约塞米蒂山谷，形成特纳亚溪（Tenaya Creek）和穹顶溪，北面的水流一部分汇聚进入图奥勒米河，但主要的还是通过约塞米蒂溪进入默塞德河。这里的岩石多为花岗岩，有时形成一些小丘这儿那儿地耸立着，散布在柱状或者城墙遗迹般耸立的红色变质页岩中。花岗岩和页岩都有裂缝，让它们被分割成像石雕建筑中的砖块一样，正如《圣经》中所言："他造出了大山。"大片的冰雪堆积在险峻的北麓山谷里，形成约塞米蒂溪终年不断的水源。南麓则平缓得多，看上去像一条条车道，很明显是由容易风化的地面被侵蚀而形成的。它们通常被称为"恶魔的滑梯"；但它们却存在于恶魔足迹鲜至的地区，因为尽管我们曾经听过恶魔爬上一座很高的山峰的故事，但他却称不上是登山家，毕竟他很少出没在树林生长线以上的区域。

宽广的灰色山峰光秃秃的，因为常年饱受暴风雪的摧残，所以一眼看上去荒无人烟；但如果仔细观察地

铁杉的球果

黄鳞栎 *Quercus Chrysolepis*

表，就能发现其实山上长满了诱人的带叶植物和花儿，但它们都非常小，以至于从几百英尺外看过去都看不到明显的颜色。蔚蓝色的雏菊在潮湿的山谷中、小河的岸边绽放出充满自信的笑容，旁边还有几种绒毛蓼属、丝般叶片的伊薇莎属、钓钟柳属、直果草属以及数丛报春花属——一种美丽的灌木。我还在这里发现了线香石南属，一种有着紫色的花儿和类似石南属的深绿色叶子的迷人植物。除此之外，我还发现了三种我没见过的树木——一种铁杉和两种松树。这种铁杉是我见过的针叶树中最美丽的，它的树干和主要的枝桠都非常优雅地悬垂着，造型独特，浓密的叶片覆盖着纤细、敏感、随风飘舞的枝桠。现在它正值花期，盛开的花朵和上个季节生长的上千个球果挂在悬垂的枝桠上，呈现出美丽缤纷的色彩，有棕色、紫色和蓝色。我兴奋地爬上遇见的第一棵铁杉，陶醉在它的枝叶间。触碰到它的花朵，竟然有点痛得让人不禁颤抖起来。花的雌蕊颜色很深，呈深紫色，几乎透明，雄蕊则是蓝色——一种生动、纯净的蓝色，就像这山间的天空——这几乎是我在内华达山间见过的花儿中拥有最不寻常的美丽的一种。多么神奇的树啊！它那女性般细腻、优雅的美丽外形，举手投足之间让人着迷；可这样迷人的树却生长在这里，暴露在山间狂野的风中，历经数个世纪以来无数严冬的暴风雪。

西白松和矮松这两种松树也是勇敢的树种，都经受住了暴风雨的考验。西白松和兰伯氏松是近亲，尽管西白松的球果只有四到六英寸长。最大的西白松离地四英尺的主干直径约五到六英尺，树皮为深棕色。只有一些饱经风霜的冒险者勇敢地生长在山顶。矮松也称白皮松，是构成树木生长线的树种。它们已经完全矮化了，所以我们能像跨过白雪积压的灌木一样，轻易地跨过它的树梢。

我们沉迷在这饱经风霜的天空花园中，身处于四周绵延的群山里，这一天似乎已经无边无际了。令人惊奇又敬仰的是，这大山越是荒凉、寒冷，越是饱受风雪的摧残，它们脸上闪耀的光芒就越灿烂，它们生长的植物就越精致。为山顶抹上色彩的无数花儿，根本不像是从这干燥、荒芜的花岗岩堆里长出来的，它们更像是前来拜访的，在这被我们这等胆怯无知、没有信仰的人类视为荒芜沙漠的地方，它们就是大自然之爱的一众见证者。这里的地面，第一眼看上去是单调荒芜的，但实际上除了植被丰富之外，这里还富藏矿物而闪闪发光：云母、角闪石、长石、石英石、电气石。有些地方的光芒让人目眩，各色的光四射开来，发出耀眼的光彩，与周遭美丽、勇敢的植物一起绽放——每块晶体、每朵花儿都是一扇通往天堂的窗户，是一面映出造物主身影的镜子。

从一个花园到另一个花园，一座山脊到另一座山脊，我入迷般地游走着。一会儿跪在地上凝视雏菊的脸庞，一会儿在铁杉紫色和蓝色的花朵间攀爬，一会儿俯身发掘雪中宝藏，一会儿远眺穹顶、山峰、湖泊、树林和图奥勒米上游冰河期形成的土地，希望能把它们描绘下来。身处在这样的美景里，被它的光芒刺透，人的身体变成了一个颤动的味蕾。谁不愿当一个登山家？在这儿，人世间的奖赏相比之下简直一文不值。

在所能看到的许多冰川湖泊中，最大的一个是特纳亚湖，它的湖岸风光也最为美丽，绵延大约一英里长的湖岸南边有一座大山，山脚延伸到湖水中间。主教峰就在湖口上方几英里的地方耸立着，北面则是波浪般起伏不绝的山峰和穹顶，南边有无数的雪峰在远处遥望，那里是河流的源头。霍夫曼湖在我的脚下闪烁着光芒，湖畔长满了西白松。朝北在风景如画的约塞米蒂溪流域，小湖泊和小水潭们闪闪发亮；但尽管这些闪亮的镜子般的水面是那么的吸引人，我的眼神还是禁不住转向了山脉主轴上壮丽的山峰们，它们身披阳光和白雪，美丽得让人无法自拔。

一只土拨鼠在从一个草堆跑向它在卵石堆里的窝的路上，不幸被卡罗抓住了。它可是山间动物中最努力生存的一种。我试图救它一命，却徒劳无功。我只能警告卡罗不要杀害任何动物，这时，我第一次看见了一只好奇的鼠兔，又称首兔。它们会咬断大量的羽扇豆或其他植物，把它们在太阳下晒成干草，然后贮藏在地下的粮仓里，作为白雪纷飞的漫长冬天的储备。路上看见这些被新鲜咬下的植物这儿那儿地被摊开在岩石上晒干，让人惊讶这孤寂的山顶上也有繁忙的生活。这些小小的晒草工人，它们被赋予了和人类相似的智力——上帝在眷顾着它们——它们让我们学会了很多，让我们更富有同情心！

一只鹰在陡峭的峭壁上盘旋，我猜想在那儿筑着它的巢穴，它这令人印象深刻的表演让我不由得想起了所谓的孤寂之地的其他居民们——森林里照顾幼崽的鹿；身体强壮、皮毛厚实而且不愁吃喝的熊；那群活力四射的松鼠；大大小小的鸟儿们，它们让树林充满欢声笑语和甜蜜气息；还有像阳光一样布满天空的昆虫，嗡嗡着快乐地飞过。这些动物们，还有植物们，以及快乐地奔向大海的溪流，这一切都不禁涌上我心头。但令人印象最深刻的，还是这广袤而且散发着光芒的大地，永恒地保持着恬静。

接近日暮时分，我沿着南边长长的斜坡跑回营地，一路都很愉快，经过了山脊和深谷、花园与雪沟，穿过冷杉和灌木，享受野外的兴奋和过剩的精力，用这来结束这仿佛永无止境的一天。

七月二十七日

爬了很远的山路来到了特纳亚湖——又是充实的一天，像是拥有了一辈子的生命一样无穷无尽。岩石、空气，用听得见或者听不见的声音诉说着；喜悦而神奇，引人入胜，让疲劳消散，让时间模糊。在回到这大山的中心之后，现在和以后都别无所求了。平直的阳光照耀在冷杉的树顶上，每根针叶都带着露珠闪烁光芒。我今天的行程是朝东边走，右边是特纳亚溪的深谷，左边是霍夫曼山，正前方十英里左右就是湖，霍夫曼山的顶峰在我头上大约三千英尺处耸立着，特纳亚溪在我脚下四千英尺处，我沿着这坎坷崎岖的浅谷前进，光滑的穹顶和波涛般的山脊将特纳亚溪和我行走的浅谷分隔开来。我需要跋涉过很多长满青苔的绿色沼泽，漫步穿过岩石浅谷里的花园——一路上遇到了无数美好的植物，穿过了欢乐的小溪，看到了霍夫曼山和主教峰的许多美景，还第一次走过湖边那宽阔、闪亮的大理石路面。噢，我完全浸浴在自由中，已经感受不到身体的重量；一会儿穿过星罗棋布着梅花草属的沼泽，一会儿穿过齐肩高的翠雀属、百合、禾草和灯芯草的花园，不时地抖掉身上的露珠；一会儿攀过水晶般的冰碛卵石、像镜子般明亮的路面；还有清凉的小溪，快乐地奔向约塞米蒂；穿过线香石南像毯子一样铺开的草地，雪崩形成的山路以及白雪覆盖的美洲茶丛；最后沿着宽阔宏伟的阶梯下到冰雪雕琢出的湖盆。

高山上的积雪融化得很快，溪流里面满溢的溪水快乐地歌唱着，沿着平缓的草地和沼泽蜿蜒前行，在阳光映照下波光粼粼，在地穴处辗转盘旋，在深潭中稍事休息，在野外呼喊、跳跃，精力充沛地跃过崎岖的卵石大坝，在各种形态下都那么欢乐美丽。在山间我没见过任何真正死亡或者无趣的东西，也没见过被制造出来的垃圾和废品，一切都那么清洁纯净、充满了圣洁的训诫。我对周遭的一切都迅速地产生兴趣，这看上去似乎难以理解，可是一旦上帝的手法显山露水，就不难看出他感兴趣的东西我们也同样感兴趣。当我们试着单独挑出一个事物的时候，我们发现它和宇宙中其他一切都有关联。我们觉得每一块晶体、每一个细胞里，都有一颗和我们一样的心脏在跳动，我们也愿意停下脚步与植物、动物交谈，就像和周围的登山伙伴交流一样。大自然是一位诗人，一名热情洋溢的工人，我们走得越高越远，她的形象就越清晰；因为大山就是起源——开始的地方，虽然这些起源在人类理解范围之外。

我发现了三种草地。第一种在盆地里，那里的土壤还不足以形成干燥的地表。这种草地的植被有好几种苔

华丽的银杉（约翰·缪尔见右下角）

草属植物，边缘地带则有数种强壮的开花植物，例如藜芦、翠雀属和羽扇豆等。第二种在同一类盆地里，也曾经是湖泊，但因为有溪流流经，所以位于冲刷而来的沙砾、碎石等上面，现在地势高而干燥，排水性好。它们这种干燥的环境和不同的植被倒不是因为它们的位置优越，也不是因为它们里面溪流搬运沉积物质的能力，而是单纯因为它们所处的盆地很浅，所以很快就被填满了。它们的植被有青草，大部分是柔滑美丽、叶片较短的种类，以异颖草属和剪股颖属植物为主。它们形成美丽光滑又平整的草皮，在草皮里面能发现两三种龙胆属植物，还有很多紫色、黄色的直果草属，以及紫罗兰、越橘属、美国熊果、线香石南属和忍冬等植物。第三种草地在山脊或者大山的斜坡上，完全不在盆地里，靠大块的卵石和倒下的树木的支撑才能生长。在地面上四处延伸而且没有固定水道的小溪流上，这些卵石和树木由上而下形成一道紧密相连的小水坝，其中聚集到的土壤可供禾草、苔草属和许多开花植物生根繁育，并能让它们拥有足够的灌溉水源，而且还不至于被强大的水流冲走，这样就形成了悬垂或者斜坡上的草地。它们的表面不像其他两种那么平整，总因为组成水坝的卵石或者木头凸起而显得凹凸不平。但是从一定距离远观，这些凹凸不平就看不出来了，而且整体效果非常醒目：灰色的斜坡上亮绿色、繁茂的花朵彩带向下延伸。这些草地所在的宽而浅的溪流大多是来源于融化的冰雪，有些地方土壤的排水性很好、但有些地方又因为水坝岩石排列紧密，还堵塞了木屑和叶片，形成小片沼泽，因此植被也随之不同。我看到过一小片的柳树、线香石南属，还有一些非常美丽的百合，它们不是沿着草地的边缘生长，而是散布在苔草属植物和禾草之间。大部分的这种草地目前正值繁盛期。禾草和莎草富有弹性的叶片该有多么的神奇，才能形成这么完美无瑕的弯度啊！稍微硬一点，它们就会直立着，显得僵硬，就像一条金属片；稍微软一点，每张叶片就都会瘫倒。而且在颖苞、托苞、雄蕊和羽状雌蕊上晕染点缀的颜色是多么的精美啊！数量众多的与花儿颜色相似的蝴蝶在花朵上面飞舞，与它们相伴的还有很多其他美丽的带翅膀的昆虫，只有上帝才能知道它们的数量，并且深深地了解和钟爱着它们。它们高高地在我头上跳着华尔兹，就像在单纯地嬉戏、享受它们小小的生命之光燃烧的快乐。它们多么美妙啊！它们如何觅食谋生，如何经受这天气的考验？它们那小小的身体、肌肉、神经、器官如何能保持温暖、快乐和如此生气勃勃的健康呢？如果把它们看成是机械发明的话，这是多么神奇的机械啊！和它们相比，自比为上帝的人类制造的最伟大的机械也不值一提。

大部分冰碛上的沙地花园目前都跟草地一样处于繁盛时期，即使其中一些在岩石北边和掩盖在小松树林的下面的还没有开花。在霍夫曼山朝阳的斜坡上，我发现很多伊薇莎属和紫色的吉莉草属植物，但却几乎没有一片绿色叶片，它们形成了一朵朵美丽的彩色云朵。雨伞草、越橘属和美国熊果等全都正值花期，在溪流岸边形成一块块鲜花的毯子。还有一丛丛浓密的黄鳞栎，这种人们可以直接跨越其上的树木在冰碛上很常见，但是它们和在布朗平原见过的高大的黄鳞栎其实是同一种类。灌木中最美丽的还是开着紫色花朵的线香石南，在这海拔九千英尺的地方铺出一片绚烂的花毯。

从营地出发最开始一两英里的路上，主要的树种是银冷杉，无论它们是单独一棵还是在空地上聚集成树林，每棵树都达到了大小和形态的最顶峰。这银色的螺旋状树冠如此整齐美丽，就像是被某位园艺大师修整布置在这里的一样，所有树看起来几乎一模一样。只有大自然是唯一能达到这个境界的园艺师。在树林里，几棵两百英尺高的美丽大树占据了中心地位，周围环绕着年轻的树木；再往外一圈，树龄就更小一些，整体看上去就像一束非常对称的花束，每棵树都刚好占据最适合自己的位置。小玫瑰和绒毛蓼属植物在树林旁的空地里盛开，一片片非常迷人。越往高走，这些银冷杉就越来越小，形态也不那么完美了，有些出现了两个树梢，显示出了它们要承受风暴的压力。但是，只要土壤是良好的冰碛土，即使是在湖盆的边缘，高达一百五十英尺、直径五英尺的树种仍然能在海拔九千英尺的地方生长。我发现幼苗们都因为枝桠上有积雪而被压弯了，从树干上的痕迹判断，在这个海拔高度的积雪至少有八到十英尺深。这么深的压实了的积雪的重量足以压弯二十到三十英尺高的幼树，这样的积雪会保持四到五个月。有些小树因此被压断，有些则在积雪融化之后继续往上生长，直到长到足以承受积雪压力的大小。即使是直径五英尺的大树，早期风雪磨炼的痕迹仍然能从它们弯曲的树干上，或者主干上干枯死去的凸出树芽上，还有从折断处下方的枝桠重新生长出的新的主干等地方轻易地看出来。但经历了这许多压力后的森林仍然保持了惊艳的美丽。

除银冷杉之外我还发现了扭叶松，以它们为主的森林延伸到海拔一万英尺或更高的地方——这是内华达山间最高的森林带了。我看到有直径接近五英尺的扭叶松生长在海拔九千英尺高处厚厚的、灌溉良好的土壤里。这种树的形态根据它生长的位置、阳光照射的程度，以及土壤等不同有很大的区别。在溪岸，它们长得很密集，每棵树都很纤细，有些高达七十五英尺的树在地面处的直径却不到五英寸，当然我见过的绝大多数树的比例还是比较合适的。在这个海拔高度上，完全成熟的树木的平均直径大约十二到十四英寸，高四十到五十英尺，蔓生的树枝末端朝上弯曲，树皮很薄，覆盖着琥珀色的树脂。雌蕊花朵形成小小的深红色圆花饰，直径约四分之一英寸，生长在枝桠的末端，大部分被浓密的树叶遮挡住了。雄蕊花朵大约直径在八分之三英寸，黄绿色，形成非常显眼的一丛丛，达到非常醒目华丽的效果——这勇敢坚强的山中松树，在雪崩落下的卵石形成的崎岖地面上、岩石路面的裂缝中、肥沃的浅谷中都能快乐地生长，数个世纪以来在每个冬天经受住齐腰深的大雪的考验，历经了上千次暴风雨的洗礼，却仍然像在热带地区天天沐浴阳光的那些树一样颜色亮丽。

更坚韧的一种山中树种是西洋刺柏，大部分生长在穹顶上、山脊上或冰川路面上。这是一种枝叶浓密、强健、美丽的高山树种，好像无论阳光还是风雪，它都能坚强地存活数个世纪。这是一种很神奇的树，每个细节

特纳亚山谷中的西洋刺柏

都显示出它顽强的韧性，它的年龄似乎与脚下的花岗岩差不多。有些树延伸的宽度和树的高度差不多。我曾在湖畔看到直径达到十英尺的一棵树，还有很多直径六到八英尺的。树皮是肉桂色，一条一条的像丝带般剥落的树皮，散发出锦缎般的光泽。毫无疑问它是所有山中树种中最强韧的一种，好像从来不会因为自然原因死亡，即使被扼杀后也不会倒下。如果不发生意外，也许它就能永生不死。我见过有一些西洋刺柏在经历了白雪覆盖的霍夫曼山的雪崩之后，仍然快乐地长出新枝，好像在跟着格里普（Grip）一遍遍重复着“永不言死”！有的扎根于不足半英寸宽的狭长裂缝中。这种岩石居民的通常高度约十到二十英尺，大部分的老树的树尖都被折断，仅仅剩下残株，生出丛生的枝桠，在光秃秃的地面上形成美丽的棕色柱子，周围有宽裕的空间，而且各个方向视野都很开阔。在肥沃的冰碛土上，它能长到四十到六十英尺高，形成浓密的灰色叶盖。树干上的年轮非常细，我看过的一些树干横切面在一英寸的宽度上，就已经有八十道年轮了。所以，那些树干直径有十英尺的刺柏肯定非常老了——大概也有几千岁了。我希望我能和这些刺柏一起，无论阳光还是风雪，在特纳亚湖边站着，经历数千个春秋。那样我能观察到多少事物啊，又将会过得多么愉快啊！山中的一切都会朝我奔来，天堂中的一切也会像光一样向我奔来。

特纳亚湖是以约塞米蒂部落中一位酋长的名字命名的。据说老特纳亚是位好酋长。当一群士兵跟踪着他的族人来到约塞米蒂并且以偷牛等罪名惩罚他们的时候，他们沿着一条经过山谷上方尽头的小径逃到湖边，那时还是早春，积雪还很深，他们在被追赶的情势下丧失了信念，遂向士兵投降。这个清澈的湖成了对这个老人最好的纪念碑，而且似乎能永不磨灭。不过湖水和印第安人一样，终将渐渐消失。湖中慢慢填满了由溪流冲击下来的岩屑，还一定程度上堆积了来自雪崩和风雨带来的砂石碎片。特纳亚盆地地势较高的地带，有很大部分已经变成森林平原和草地，因为源于主教峰的主要支流就从那里注入湖中。还有两条支流来自霍夫曼山脊。湖水的出口在西边，流经特纳亚山谷注入约塞米蒂的默塞德河。在湖的北岸，几乎看不见松动的土壤。一切都是光秃秃、闪亮亮的花岗岩，正如这个湖的印第安名字

Piwiack，就是闪亮的石头的意思。湖盆看上去似乎是被远古的冰川慢慢开凿出来的，这项惊人的工程需要长得难以计数的年份才能完成。湖的南面，一座凸起的大山从水边拔地而起，直到三千英尺的高度，山的边缘被铁杉和松树像羽毛一样地覆盖着。东边是巨大的闪亮的穹顶山，远古时期的冰川一定像今天的风一样，滑过它们的顶部，不断地碾磨、损耗，方才修整出它们现在的模样。

七月二十八日

今天天上云不多，没有形成云中大山，只有几缕几乎看不见的卷云，原本中午按时出现的雷声也消失了影踪，仿佛整个内华达山脉的时钟停止了摆动一样。今天，我仔细研究了红冷杉，有一株大约有二百四十英尺高，这是我目前见过最高的一株冷杉了。这种树是所有的裸子叶植物中外形最对称的，尽管它们身形巨大，却很少能活过四五百岁。大部分都在树龄达到两三百岁的时候因真菌侵蚀死亡。这种干腐真菌最初可能是通过被积雪折断的树枝处进入树干的。年轻的植株简直就是对称的奇迹，直直地向上生长，就像铅锤打出来的直线一样。树枝大多是五根一起平行轮生，每根树枝就像蕨类植物的叶子一样工整，而且叶片浓密，看上去就像是覆盖着整棵树的长绒毛，只有树干和主要枝桠的小部分露出来。这些针叶向上生长，尤其是在小树枝上更为明显，树叶质地硬而尖，在树的上层部分呈尖头状。这些叶子在树上存活大约八到十年，因为树木的生长很快，所以不难发现在直径三到四英尺的树枝上，叶子呈美丽的螺旋状排列着。树上的叶痕很明显有至少二十年了，但是在不同的树上，叶片的厚度和尖锐度有很大的区别。

去霍夫曼山的短途旅行后，我已经完整地体验了整个内华达山脉森林的剖面，我发现红冷杉是在所有高大的针叶树中最对称的树种。它们的球果也很大，外形、大小和颜色都很壮观，这些球果呈圆柱形，就像一个个木桶一样地站在树上端的枝桠上，每个的长度大约五到八英寸，直径三到四英寸，颜色是灰绿色，表面覆盖的细小绒毛在阳光下闪出银色的光芒。一滴滴落在球果上的树脂更是增加了它们的光泽度，这些树脂不断滴覆在球果上，让人不禁想起了古时候涂油净身的过程。如果能看到球果里面，你会发现它比外表更美丽！种鳞、苞鳞和种翅都渲染出最美丽的玫瑰紫色，并散发出彩虹般的闪亮光泽；种子大约四分之三英寸长，呈深棕色。当球果成熟的时候，种鳞和苞鳞掉落下来，让种翅展开飞去命运的下一站。而长钉状的种轴死亡后还是继续挂在树枝上，很多年都不会掉落，就像在纪念球果消失的地方，不过，球果还在绿色的时候就被道格拉斯松鼠咬断的情况要除外。我一直想不明白道格拉斯松鼠是如何把牙齿伸进又宽又无柄的球果后面的。在有阳光的日子，爬到树顶观察球果的生长，远眺森林的顶部，是我最大的享受之一。

七月二十九日

明亮、清凉、令人振奋的一天。云只覆盖了天空百分之零点五的范围。我今天漫步、素描、享受了无比的快乐，又是绝妙的一天哪！

七月三十日

云的覆盖率今天达到百分之二，但正午规律的阵雨今天没有来，倒是雷声仍然在几英里外响起。蚂蚁、苍蝇和蚊子似乎很喜欢这好天气。有几只家蝇发现了我们的营地。内华达山脉的蚊子非常勇敢，而且个子很大，有些从吻尖到收起的翅尖长达一英寸。尽管比大部分的野地蚊子数量少，它们仍然时不时嗡嗡飞来制造骚动，完全不顾时间和地点。它们在一天中的任何时间、任何地点，一旦找到合适的目标就下嘴去叮，直到它们自己被风霜蜇到为止。那些身体巨大、黝黑的蚂蚁，只有在人躺在树下的时候才来制造麻烦。我发现一只钻蛀虫在银冷杉上打洞。它的产卵器有一英寸半长，就像一根针一样光滑笔直。在不用的时候，产卵器收在鞘里，看起来就像鹤飞行时收起来的腿。我猜想它钻洞是为了节省筑巢的麻烦，而且这个洞还可以用来照顾和喂养后代。谁能想到一只飞虫的脑子里能储存这么多的知识，让它能找到合适的居所？它们怎么能知道它们产的卵居然能在这样的洞里孵化，而那柔软无助的幼虫又能从银冷杉的树汁里吸取足够的营养？这种家务安排让人不禁想到了神奇的瘿蝇家族。每个物种都好像知道哪种植物能对它们钻洞产卵的刺激做出反应，进而发展成为适合安家落户又能为幼虫提供足够食物的地方。有可能这些瘿蝇也会犯错误，就像其他人一样；但是当它们犯错误的时候，也只会影响到一次产卵的失败，随后它们仍然会找到合适的植物和养分来繁衍它的种族。这一类繁衍的错误有很多，只是不会为我们发现罢了。有一次，一对鹪鹩错误地把巢筑在了一个工人的大衣袖筒里，结果太阳下山的时候工人拿走了大衣，让这对鸟儿陷入惊慌失措倍感挫败的境地。令人惊奇的是，像蚊、蚋这样的小生物的后代却不会重犯父辈的错误，知道如何应对天气的变化和敌人的侵袭，以充沛的精力和完美的形象享受这阳光灿烂的世界。每当我们想起这些我们能看到的小小的生物，我们不禁想起那些更小的生物，会让我们不断探索无尽的神秘。

七月三十一日

又是美妙的一天，肺中呼吸到的清新空气，就像舌头上尝到的花蜜一样。整个身体就像是变成了一个味蕾，从内到外地颤抖。云的覆盖率只有百分之零点五，但平时规律的阵雨还未袭来，不过我已经听到远方的雷声。

在布朗平原很常见的欢乐的小小花栗鼠，在这里也经常能见到，当然也有可能是不同的种属。它们轻松愉快、无忧无虑的习性让人想起美国东部我们更熟悉的种类，在威斯康星的橡树林间空地中常见的花栗鼠，我们常常欣赏它们沿着之字形的栅栏飞奔的身姿。内华达山脉的花栗鼠更喜欢生活在树上，感觉更像松鼠。我第一次发现它们是在针叶林带的下缘，也就是加州大子松和西黄松生长的地带。它们是一种特别有趣的小动物，行为奇怪搞笑，它们不是松鼠，却拥有松鼠大部分的技能，还没有松鼠那种激进爱挑衅的天性。看着它们在灌木丛间蹦跳着采集种子和莓果，像麻雀一样在细枝上摆出优美的姿势，甚至比大多数同等大小的鸟发出的声音还轻微，我从来不会感到腻味。这山间很少有动物能让我如此入迷。它们是如此能干、温柔、容易信赖人，而且美丽养眼，它们轻易就俘获了我们的心，赢得我们的爱。尽管它们的体重和田鼠差不多，但它们却辛勤地搜集种子、坚果、球果等，所以它们食物充沛，而且从来不会显得懒惰肥硕、浑身臃肿。相反，它们仿佛拥有无尽的活力和精力，就像鸟儿一样。它们的每一个动作都有相对应的声音，有些甜美水润，就像水流滴进水潭的叮咚声。它们好像特别喜欢逗狗玩，经常靠近狗的身边，然后又蹦蹦跳跳地跑开。像麻雀一样，它们也用尾巴来为它们的音乐打节拍，每叫一声尾巴就画出半个圆。就算是道格拉斯松鼠也没有它们步伐稳健、胆大无畏。我曾看着它们在约塞米蒂的陡峭岩壁上飞奔，就像苍蝇一样毫不费力地保持平稳，而且丝毫不畏危险——要知道即使是一个小失足，也会让它们跌落到两三千英尺下的谷底啊！如果我们的登山者能像它们一样稳稳当当地攀上这些巨大的峭壁该多好啊！那天我为了目睹约塞米蒂瀑布的真容的冒险经历，对我的神经是极大的考验，但对这只花栗鼠而言，不过是轻而易举的事。

在这寒冷萧瑟的山顶生活着的土拨鼠是一种完全不同的登山家——是啮齿类动物中最像牛的；它们很能吃，体型肥硕又臃肿；它们生活在这高山的草原上，就像奶牛生活在苜蓿地里一样。一只土拨鼠相当于一百只花栗鼠那么重，但却一点也不迟钝。在我们眼中这片经历风霜雪雨的荒原上，它愉快地尖叫嘶鸣，在它那高地家园里享受长寿的一生。它的地洞一般打造在裂开的岩石里或者大块的卵石下。每个凛冽有霜的清早，它钻出洞穴，在某块它喜欢的平顶大岩石上晒太阳，接着在花园浅谷里早餐，享用青草和花朵，直到舒舒服服地吃饱后，便去找同伴玩耍嬉闹。我不知道土拨鼠在这令人振奋的空气中能活多久，但有的土拨鼠身上已经出现铁锈色和灰色，就像被地衣覆盖的岩石一样。

八月一日

巨大的云中王国出现在空中，下了大约五分钟的阵雨，让这被庇佑的野地一片清新，原本就已经芬芳馥郁的大地上，雨水浸泡了黑色的草地软土和枯叶，就像泡茶一样。

中西部的小男孩都很熟悉的北美金翼啄木鸟是这附近最常见的啄木鸟之一，让人倍感家乡的亲切。从羽毛和习性我都看不出它们与东部的种类有什么区别，但是这里的气候确是如此的不同——这是种美丽、勇敢、信赖人类的小鸟。这里也有知更鸟，它的叫声和姿态我们非常熟悉，常常在开阔的花园地和高地草场见到它们优雅的身姿。它们好像遍布整个美国大陆，迁徙的路线从平原到高山、从北到南，来来回回，上上下下，随着食物来源和季节变迁不断迁徙。这勇敢的歌唱家，跨越这么广阔和多变的地域，仍然保持愉快的心情和健康的身体，这是多么令人敬慕的体质和脾性啊！在我漫步于那些静谧的丛林里，感到冷清畏惧的时候，这些小家伙边走边唱的声音让人倍感安心，它甜美清脆地叫着："别害怕！别害怕！"

我散步的时候经常遇到刀翎鹑（又叫高山鹑）——一种小型的棕色山鹑，长着非常长而细、装饰性很强的冠毛，看上去很像小男孩帽子上的装饰羽毛。这个种类比山谷鹌鹑的体型大很多，后者在炎热的山脚很常见。它们很少停留在树梢，却喜欢少则五六只、多则二十只地成群结队穿过美洲茶和熊果灌木，越过开阔干燥的草地或林木不太浓密的山脊，它们一边发出低沉的呱呱声彼此呼唤以防离群，一边慢慢地散步。当被惊扰的时候，它们用力扑腾翅膀飞起来，就像炸弹爆炸一样散开在大约四分之一英里的距离外。危险过去之后，它们用高亢的尖叫声互相呼唤，又聚回在一起——这真是一群大自然里美丽的山鸡。我还没见过它们的巢穴。这个季节的幼鸟已经孵化出来飞走了——这新生的快乐漫步者已经有它们父母一半大小了。我不知道它们如何挺过漫长的严冬，那时积雪会覆盖地面十英尺深。它们大概会向下迁徙到森林带的下缘，就像鹿群一样，不过我在山下的时候没听到过它们的叫声。

蓝松鸡在这里也很常见，它们喜欢最深最密的冷杉林，被惊扰的时候，会从树梢冲出来，翅膀振动发出很大的声音，然后在空中张开翅膀，安静地滑翔消失在林间，一根羽毛都没动一下——这是一种健壮、美丽的小鸟，和老西部的草原松鸡差不多大小，除了它们生活在地面的繁殖季节，大部分的时间都待在树上。现在幼鸟已经能够飞起来了。当被人类或者狗惊扰散开后，幼鸟们会待在原地一动不动直到危险过去后，雌鸟呼唤它们回去。尽管雌鸟的呼唤声音不大，但这些幼鸟却能在几百英尺外清楚地听到。如果幼鸟还不能飞行，雌鸟会假装跛脚甚至装死，以此来把敌人吸引开，她会冲到离人的脚两到三英尺的地方，仰面躺在地上，一边踢腿一边喘气，以欺骗人类或者野兽。据说它们一年四季都生活在附近的树林里，在暴风雪来临的时候，它们会在冷杉或者西黄松浓密的枝叶下躲避，并以这些树木的嫩芽为食。它们从腿到脚趾都覆盖着羽毛，所以我还从没听说过它们在任何一种气候条件下受到伤害。因为能够以冷杉和西黄松的嫩芽为食，所以在食物方面它们永远不愁，不像我们人类，经常受食物所限而不能自由移动。如果可以，我可以永远快乐地以松树嫩芽为食，尽管它们里面都是松节油和树脂，我还是愿意以此换取这最大的自由。光是想想上个月我们因为没有面包而遭受的痛苦吧！人类在觅食方面的能力，好像比上帝创造的其他任何生物都要差劲。对住在城里的人来说，这是终其一生的挣扎和奋斗；对其他人来说，食物短缺的危险如此之大，所以人类养成了囤积食物的恶习，让真正的生活为之扼杀，以至于即使现在合理的需求已经被满足的情况下，人们仍在过度地囤积。

在霍夫曼山上我看见一只奇特的小鸟，颜色像鸽子，看上去一半是啄木鸟，一半是喜鹊或者乌鸦。它的叫声有时候像乌鸦，但飞起来像啄木鸟，有一个又长又直的鸟喙，我看见它用这鸟喙能啄开西白松和白皮松的球果。它好像是生活在高地，当然它无疑也会在冬天的时候飞到山下避寒，或者觅食。至于食物，我猜想这些鸟类中的登山家即使在冬天也能搜集不同种类的球果，从里面获取足够的坚果为食。因为球果里总是有没能飞出去的种子，留在那里等着这些饥饿的冬季拾荒者去发掘。

八月二日

今天的云和阵雨与昨天差不多。我一直在北穹顶山上画素描，直到下午四五点钟。我正忙于想着那伟大的约塞米蒂美景，试图把所有的树、每块岩石的线条都描绘出来。突然在毫无预兆的情况下，我脑中涌现出一个念头，我的朋友，威斯康星州立大学的 J. D. 巴特勒教授正在我脚下的山谷里，我突然地很想见到他，而且这种心里的激动，就像是他突然碰了我一下，让我抬头看他一样。我毫不犹豫地收拾起工作，沿着穹顶的西面斜坡，在山谷大墙的边缘旁跑下去，寻找一条下到谷底的路，直到我跑到一个侧面的山谷，根据其绵延生长的树和灌木判断，这可能是一条可以通到山谷的道路。尽管天色已晚，但心里有一股不可抑制的冲动支配着我，所以我马上开始往下走。但不久，常识让我停止脚步，因为我的理智告诉我，即使我到达酒店，也会是深夜了，那个时候人家已经睡觉了，周围又没人认识我，我包里没有钱，甚至连外套都没带。所以我强迫自己停下来，最终劝服自己不要在夜里去探望朋友，毕竟我只是凭着奇怪的心灵感应认为他就在这里。我终于把自己从树林里拉回到营地上，但却一刻也没有犹豫地决定明天一早下去找他。这是我最难以解释的一个内心感应。我在那穹顶山上待了那么多天，今天却仿佛有人在我耳边细语，告诉我巴特勒教授就在山谷里，这实在太让人惊奇不已了！在我离开大学的时候，巴特勒教授说："约翰，我现在希望一直看着你，看着你的事业发展。你一定要保证每年至少写一封信给我。"七月份我们还待在浅谷的第一个营地时，我收到他五月份写的一封信，信里告诉我他这个夏天有可能会来加利福尼亚，所以希望能够见到我。但除此之外他没有指明我们的会面地点，也没有告诉我他的旅行路线，而且我又整个夏天都待在野外，所以我压根没有指望能见到他。这些全都被我忘干净了，直到今天下午他的身体仿佛随风飘浮在我的面前。好吧，明天就知道了，不管是不是有道理，我都得去看看。

八月三日

今天真是太棒了！我毫不费力就找到了巴特勒教授。所以昨天下午的心灵感应、超凡启示或者其他什么叫法，都是真的。奇怪的是，我收到这个心灵感应的时候，他刚刚从科尔特维尔小径（Coulterville Trail）进入山谷，路过埃尔卡皮坦（El Capitan）。如果他在第一眼望见北穹顶的时候，用上好的望远镜看，他说不定能看见我停下工作跳起来朝他奔去。这是我人生中第一次经历这么超自然的神奇现象。因为我自小就沉迷于大自然之中，而对招魂术、未卜先知、神怪故事等从来都不感兴趣，我认为这些都相对没用，而且比起大自然开放、和谐、阳光明媚、乐声飘飘的每日之美而言，这些都没那么神奇。

今天早上，我想到我必须得出现在满是游客的酒店里，我着实为没有合适的衣服而苦恼，而且我相当的腼腆害羞。但是在陌生人中间生活了两年之后，我决心一定要去见见我的朋友。我换上了一身干净的工装裤、羊绒衬衣，还有一件夹克——这是我营地里的衣服中最好的了，再把我的笔记本拴在皮带上，然后大踏步迈向我的奇异之旅，后面还跟着卡罗。我穿过昨天晚上发现的山谷，后来我才发现它就是印第安山谷（Indian Canon）。山谷里没有路，岩石和灌木又是如此的浓密崎岖，以至于卡罗经常呼唤我回去帮助它走过陡峭的地方。从山谷的阴影里走出来的时候，我看见有人在草地上晒干草，就上前询问巴特勒教授是不是在山谷里。他回答说："我不知道，但是你去旅店问问就知道了。现在山谷里游客不多。昨天下午来了一小群人，我听见有人在叫巴特勒教授，或者巴特菲尔德，或者类似的名字。"

在阴暗的酒店门前，我看见有一群游客在调整他们的渔具。他们默默地用惊奇的眼神看着我，就像我是刚从云端的树林里掉下来的一样，我猜是这因为我奇怪的装束吧。我询问酒店办公室在哪儿，却被告知办公室门被锁了，因为老板离开了。不过我得知可以去找老板娘哈金斯夫人，她刚好在露台上。我走进酒店，心里感到很尴尬，我在空旷的大房间里等了很久，还去敲开了几扇门询问之后，最后老板娘终于出现了。她告诉我她记得巴特勒教授就在山谷里，不过为了确认一下，她还是去办公室拿来了登记簿。在最新到达的一批来客名单里，我很快就发现了教授那熟悉的笔迹，顿时我的拘束感消失了。得知教授一行已经去山谷上面了——可能是春天瀑布（Vernal Fall）和内华达瀑布（Nevada Fall）——我马上高兴地追了出去，毕竟心中已经有了确切的目标。不到一个小时，我就到了内华达山谷头部的春天瀑布，就在瀑布激起的水花旁边，我发现了一位气度不凡的绅士的身影，他和我今天见到的其他人一样，在我靠近的时候露出奇异的眼光。当我鼓起勇气询问他是否知道巴特勒教授的所在时，他显得更惊讶了，不知道到底发生了什么事情才有人派了一位信使来找巴特勒教授。他不仅没有回答我的问题，反而用军人般严厉的语气问我："是谁找他？"

"我找他！"我用同样的语气回答道。

"为什么？你认识他么？"

"是的！"我反问："那你认识他么？"

他很奇怪在这大山里会有人认识巴特勒教授，而且在他一到本地就来找到他，这位绅士走下来和我这个山间怪人平等对话，他有礼貌的回答："是的，我和巴特勒教授很熟。我是阿尔沃将军，我们很久以前在佛蒙特

披针叶榛 *Corylus rostrata, Var Californica*

州拉特兰市是同学，那时我们都还很年轻。”

“那他现在在哪儿啊？”我坚持询问，打断了他的回忆故事。

“他和一个同伴越过瀑布去爬那块巨大的岩山了，你从这儿能看到山顶。”

他的向导主动回答了我的问题，巴特勒教授和他的同伴去爬的是自由峰（Liberty Cap），如果我在瀑布头等着的话，一定会在他们回来的时候遇到他们的。于是我沿着春天瀑布的台阶爬上去，而且一路追过去，决心赶紧去自由峰找到他们，而不是在这儿干等。无论一个人的生活有多么的快乐自在，有时候还是会很急切地想要面对面地见到朋友。我才爬上春天瀑布顶端走了一小会儿，就在岩石和灌木丛间发现了他的身影。他半弯着腰，身体探向前方，袖子挽起来，马甲敞开着，帽子拿在手里，很明显是又热又累。他看见我过去，就坐在一块大卵石上，擦干他额头和脖子上的汗水，以为我是山里的向导，便向我询问去瀑布阶梯的路。我指向用一堆堆小石头标识出的山间小道，他便叫来他的同伴，说路已经找到了，但他却没认出我来。接着我站在他的面前，直视着他的脸，伸出我的手。他以为我是伸手拉他站起来。“没事儿。”他说。

我叫他：“巴特勒教授，你还不认得我吗？”

“我不认识你啊！”他回答。

但是望着我的眼睛，他猛然认出我来，而且非常诧异我居然在他迷失于灌木丛中的时候找到他，而他一点也不知道我就在他周围一百英里范围内。“约翰·缪尔，约翰·缪尔，你是从哪里钻出来的？”我给他讲了昨天晚上他进入山谷的时候我神奇地感应到他的存在的故事，那时我正坐在北穹顶山上素描，他就在离我四五英里的地方。当然，这只让他更加惊讶。在春天瀑布下方，他的向导牵着他的马在等着，我们沿着小径一路聊到酒店门口。我们聊在学校的事情，聊在麦迪逊的朋友们，聊当时的学生们日后的成就等等，不时地凝望我们四周巨大的岩山，它们在日暮时分显得更加朦胧了，我们则引用诗人们的句子来描绘这景色——真是一次难得的漫步。

我们回到酒店的时候已经很晚了，阿尔沃将军正等着巴特勒教授回去一起晚餐。巴特勒教授把我介绍给他后，他非常讶异我居然能在没通过任何正常渠道得知教授在加州的情况下，就能从云端跑下来直接找到他，他的吃惊程度甚至超过了教授本人。他们是从东部直接过来的，还没来得及拜访他们在加州的朋友，所以自认为他们的行踪无人知晓。我们坐下享用晚餐的时候，将军往后靠在他的椅子上，目光向下注视着餐桌，接着把我介绍给十几位游客，包括之前提到的那些惊讶的钓鱼者。他说："你们要知道，这个人从那些巨大的、无路可寻的大山里跑下来，在他的朋友巴特勒教授刚来的第一天就找到了他。他是怎么知道教授在这里的呢？他说他心里感应到的。这是我听说过的苏格兰预知故事里，最神奇的一个了！"而我的朋友巴特勒教授则引用了莎士比亚的句子："天地之间有许多事情，赫瑞修，是你的睿智所无法想象的。""就像太阳一样，它在升起之前就把自己的影像描绘在天空中，事情发生之前总有预兆，明日之事今日早有呈现。"

晚餐之后我们还聊了很久，主要聊麦迪逊的旧日时光。教授希望我能跟他一起去夏威夷群岛的驻地旅行，而我则极力劝说他跟我一起返回高山上的营地。但是他说：“现在不行。”他不能留下将军一个人。我很吃惊他们明天或者后天就要离开山谷。我很高兴自己还没有伟大到能让这繁忙的世界想念的地步。

八月四日

习惯了在宽广壮观的星空和银冷杉树下入眠后，在这小小的酒店房间里面睡觉还真是感觉奇怪。今天我和我的朋友及将军道了再会。这位老战士非常友善，而且风趣健谈。他给我讲述他参加过的佛罗里达塞米诺尔战役的故事，还邀请我去奥马哈拜访他。叫上卡罗，我一路高高兴兴地穿过印第安山谷的谷口慢慢走回家，真为可怜的教授和将军遗憾，他们不得不为时间、日程、命令、责任等约束，被捆缚在低地的尘世喧扰中，在那儿大自然不仅被遮蔽了起来，连声音也被埋没，而我这个贫穷且微不足道的漫游者，则在上帝的野地中享受着无尽的自由和荣耀。

除了今天访问的社交乐趣之外，我还好好地享受了约塞米蒂的美，我之前只去过一次，那是去年春天的事，我花了八天时间在约塞米蒂的岩石水流间尽情游览。无论何时我们进入大山，或者是进入任何上帝创造的野地里，我们总能收获到比我们想要追寻的更多的东西。花几个小时往下走四千英尺，我们就完全进入了一个新世界——气候、植被、声响、动物，所有的景致都是全新的。在营地附近，黄鳞栎形成了像席子一样的灌木丛，我们在上面铺床睡觉。而往下走到印第安山谷，我们发现这种小小的灌木变成了高大的灌木，再变成小小的树木，越来越大，最后在接近山谷底部的碎石堆上，它已经长成宽大、绵延、有很多瘤结的美丽如画的树木，直径四到八英尺，高度达到四十到五十英尺。这里的水体也有无数的变化形态。每道流水、每个瀑布都有自己的个性。我好好地欣赏了春天瀑布和内华达瀑布，它们是山谷里最主要的两大瀑布，相距不到一英里，但在声音、形态和颜色上却差异巨大。春天瀑布有四百英尺高，约七十五到八十英尺宽，从峭壁的一个圆弧形凸出上顺滑地流下来，形成一幅壮观的水幕绣品，绿中泛白，稍有重叠凹凸，并保持着这种形态直至接近底部的地方，顿时化身为飞溅的浪花和水雾，在午后的阳光照耀下幻化出美丽的彩虹光彩。而内华达瀑布从它飞身跃入空中起就是纯白色。在瀑布头处，它呈现出交错扭转的状态，因为它第一次自由飞跃后，撞到了两边的岩壁，所以水流翻卷了过来。下降到三分之二的地方，飞奔而下的流星雨般的水流撞击到峭壁倾斜的表面，撞出更白的泡沫，飞溅开来，形成言语无法描述的壮观景象，下午的日光倾洒上去，更是妙不可言。这真是世界上最壮观的瀑布之一，它的水流仿佛不受一般法规的限制，就像是活着的生物一样，满是大山赋予的力量和巨大、野性的快乐。

在巨大的飞溅的水花下，一条河流若隐若现，河水拍打在崎岖的岩石下形成交错的水流。这些水流迅速地聚拢成呼啸的波涛，显示出这年轻河流的勃勃生机。一路奔流，一路大声咆哮，显示它的力量，穿过峡谷时积累的能量，在之后突然变宽的河道里慢慢地舒展开来，在缓缓的斜坡上释放出来，再落下形成纤薄有如折叠蕾丝般的水幕，落进安静的水潭里——名为翡翠池（Emerald Pool）——一个驻足之地，正像两个长句间的一个句号。在这里得到足够的休息后，告别泡沫与空气的灰色混合物，它静悄悄地漫过春天峭壁，变成一片宽阔的水帘，以春天瀑布壮丽的新形态现身，接着化身激流冲过岩石，流进山谷，谷的上方有生机勃勃的橡树、花旗松、冷杉和山茱萸遮阴。它先与伊利劳特（Illilouette）溪汇合，后蜿蜒流过平缓、阳光普照的山谷，同与它一样也从雪山一路欢呼雀跃奔流而下的溪流一起汇聚成默塞德河的主流。但这还不是溪流的终点，相比之下，我们人类的生命是多么短暂啊！但这没关系，因为在这壮丽的景色中生活一天，就已经很有价值了，即使需要忍饥挨饿、辛苦劳作也是值得的。

与教授道别前，他送了我一本书，而我回赠了一张我的铅笔素描给他的小儿子亨利。我一直就很喜欢亨利，他在我还是学生的时候就经常来我房间玩。我永远也忘不了他在仅仅六岁的时候，站在高高的凳子上发表的那一篇爱国演讲。

很奇怪来约塞米蒂的游客总是很难被这大自然的伟大所感染，好像他们的双眼被蒙上、双耳被堵住一样。昨天我见到的大多数游客仅仅是往下看看，却对下面发生的一切视若无睹，而那些巨大的岩石正在被从大山里汇聚的水流冲击颤抖，发出的乐声美妙得似乎能把天堂里的天使诱惑下凡。但这些仪表堂堂、甚至看上去充满智慧的人，却只知道把小虫穿进鱼钩里去钓鳟鱼，他们把这称之为运动。如果信徒们去教堂的时候因为无聊一边听着无趣的布道一边在圣水池里钓鱼的话，那这运动还不算那么差劲；可他们在约塞米蒂的圣庙里，却为了找乐子而让奋力活命的鱼儿遭受痛苦，而忽略了上帝那伟大的水与石之布道。

现在我又回到了营地篝火旁，难以抑制地回想起我在朋友进入山谷离我还有四五英里远的时候就感应到他的存在，而且我丝毫没有渠道知道他不是在千里之外。这看上去是超自然的，仅仅因为它还无法被人理解。无论如何，多谈也没意义，因为自然和常识总是比所谓的超自然更加奇妙和神秘。事实上我们听说过的大部分奇迹都远没有大自然最常见的现象神奇。也许当我在穹顶山上素描时感受到的神光，和所谓一见钟情的现象有些类似，尽管很多关于这个话题的无稽之谈也被印刷出版。这些神秘事件造成的最坏的影响就是让人们对神圣的平常之物视而不见。我猜要是霍桑的话，定能从我人生中的这件神奇经历、这个小小的心灵感应事件里面发挥出一段奇怪的罗曼史，并把我的老教授替换成一位魅力四射的女性。

八月五日

今天早上，天还没亮我们就被卡罗和杰克疯狂的叫声以及羊群惊慌乱跑的声响吵醒了。比利从他那粗劣的床上跳起来飞奔到篝火旁，拒绝去黑暗中把四散的羊群赶回到一起，也不愿去查看这场骚乱的原因。事后我们才知到，这是有熊来袭了，但因为熊在天亮之前袭击，所以几乎没有任何收获。无论怎样，因为急切地想知道到底是怎么回事，我和卡罗跟循着羊群发出的窸窣声穿过树林，因为我深知这些逃跑的羊群会尽量离敌人远些，而且卡罗的鼻子也非常值得信任，所以并不担心有遇到熊的危险。仅在离栅栏东边半英里的地方，我们就找回了二十到三十只羊，并且成功地把它们赶回营地；接着我们朝西走，又找到另一群逃亡者，也把它们带回了羊群。天亮之后我发现了一些羊的残躯，还是温热的，我估计是我们去寻找逃走的羊的时候，熊正在享受它的羊肉大餐。它大概吃掉了半只羊。栅栏里还发现了六只死羊，很明显是因为熊袭击的时候，羊群被挤向畜栏边的墙上，这只羊就在这时被闷死了。沿着营地四周走了一大圈，卡罗和我发现了第三群逃走的羊，也把它们赶回了营地。我们还发现了另一具被吃掉一半的羊的尸体，说明享受早餐的一共有两头毛发乱糟糟的暴徒。它们的行踪很好追踪。这两头熊各抓了一只羊，带着它们跳过畜栏，就像猫抓走一只老鼠一样，把羊放在离畜栏大约一百英尺远的冷杉树下，饱餐一顿。早餐之后我出发去寻找更多的丢失的羊，在离营地挺远的地方发现了七十五只。下午在卡罗的帮助下，我成功地把它们赶回羊群。我今天晚上应该生一堆很大的篝火，继续照看羊群。

我问过比利为什么有那么多可以铺床的地方，他却要选择靠着畜栏的腐木来做床，他回答说他“希望在有熊袭击的时候能够能离羊群最近”。现在熊来过了，他却把他的床移到了营地另一边最远端，好像生怕会被熊错认为是一只羊。

今天一天都是围着羊转，所以我的研究工作也被打断了。无论如何，走路穿过阴暗的森林却是很值得的，我也学到很多关于这些硕大的熊的知识。它们的踪迹很好辨认，它们的早餐也一目了然。今天天上几乎没有一丝云彩，所以我们中午常见的雷声也没有出现。

八月六日

因为我们点燃了很亮的篝火，所以昨天夜里营地周围的树林被彻夜照亮。其实我们点火是为了恐吓熊——算是对我们丢失羊群和睡眠不足的一点报复。树木像一根根巨大的绿色柱子，映射出生机勃勃的光芒，和照亮它们的火光一样，直冲天际。尽管如此，还是有一头熊又来拜访我们，仿佛不仅没有被火光吓住，反而被吸引了过来。它翻进畜栏，咬死一只羊，在我们毫无察觉的情况下把它拖走了。还有另外一只因为被挤压到畜栏边上窒息而死。现在它们已经尝到了羊肉的甜头，我估计很难能阻止这些强盗的暴行了。

“堂吉诃德”今天从低地来到了营地，带来了生活物资和一封信。得知了羊群的损失之后，他决意要将羊群赶去上图奥勒米区域，因为他认为只要我们还留在这里，熊一定会每天晚上都来袭击的，无论我们是点火还是发出什么声响，都不可能吓倒它们。除了东边天际的几抹纤细发光的云彩之外，天空没有大块云朵。远方传来阵阵雷声。

八月七日

今天早上我们告别了熊和美好的银冷杉营地，慢慢地沿着默诺小径朝着东边行进。晚上在一个鲜花盛开的草地上扎营，我之前去特纳亚湖的路上见到过很多这样的花园草地。这些灰头土脸、喧闹不堪的羊群看上去与这些自然的花园格格不入，比混在羊群中的熊还更不和谐。它们对草地的糟蹋令人伤心，但在这所有的尘土飞扬、噪音喧嚣中，我仍对未来抱着美好的希望，希望有一天我挣到足够的钱，能带着足够的补给重新回到这里，在纯净的野外漫步享受，当面包袋空了之后，能跑下山去最近的商店补给。这些下山的路途也不会无聊，因为无论是上山还是下山，在这美好的山间的每一步都充满了启迪。

八月八日

我们在特纳亚湖的西边扎营。今天到得很早，我在那被冰川打磨过的路面上走了一会儿，爬上了路东边那块巨大的山岩，在下午的阳光下它正发出闪亮的光芒。它表面的每一英尺都显示出巨大冰川侵蚀和打磨过的痕迹，尽管它高于湖面两千英尺，耸立在海拔一万英尺的地方，但这冰川仍曾经紧紧包裹着它，重重地扫过它的顶部。从被侵蚀和压过的表面痕迹来看，这巨大的古代冰山大潮来自东面。即使在湖面水下，有些地方的岩石仍然显示出被打磨的痕迹，重重波涛的拍击和岁月的剥离效应都还未能让这些冰川侵蚀的表面痕迹消失。为了攀爬这些陡峭光滑的地方，我必须脱掉鞋袜。这可是研究冰川的造山运动的最佳地点。我还发现了很多迷人的植物：小山菊、天蓝绣球属、绣线菊属、线香石南属，还有岩苔——旱蕨属和真碎米蕨属，它们在因为气候变化产生的岩石裂缝里生长着，从山脚到山顶。此外，还有强壮的刺柏属，像巨大的灰棕色纪念碑一样，在有裂缝的地面上勇敢地挺立着，讲述着数百个冬天以来暴风雨和雪崩的故事。我认为从顶峰俯瞰到的湖光山色是最美的。在湖的一边还有一块更加醒目的岩石，高度只有我脚下这块的一半。它是一块被打磨得非常光滑的花岗岩，大约一千英尺高，和被波浪冲刷后的卵石一样坚硬光滑，

俯瞰特纳亚湖及主教峰

而且因为它超常的抗冰蚀能力，它才得以屹立到现在。

我画了湖的素描，慢慢踱回营地，我那铁头鞋踩在地面上的咔嚓声惊动了花栗鼠和小鸟。天黑之后我去了湖边——丝毫没有一点涟漪的湖面像镜子一样，映射出满是星星的天空和长满树木的大山，它们的美妙形态和巨大身形在湖水中显得更加壮丽了——这画面惊人的美丽，真是此景只应天上有，人间难得几回见。

八月九日

我走在羊群前面，越过了默塞德和图奥勒米盆地间的分水岭。霍夫曼山西边支脉的尽头和主教峰旁边巨大山岩间的山沟，尽管因为山脊和起伏的褶皱而显得崎岖不平，但却很可能是宽大的古冰川的一条通道，从山顶通向山脊的顶端。冰河从图奥勒米草地爬升了五百英尺，才越过这条分水岭。这整个区域当时一定都被冰河横扫而过。

不管是从分水岭的顶端，还是从宽阔的图奥勒米草地（Tuolumne Meadows）上望去，都可以看到那座被称为主教峰的壮丽大山。无论从哪个角度看去，它都显得那么的独特。它是一座由整块石头构成的圣殿，从充满生气的岩石上削出来，用传统的大教堂使用的尖顶和尖

霍夫曼山脊北面，图奥勒米山谷水系的一条支流

从主教峰看去的图奥勒米草地

塔装饰起来。顶端的矮松看上去就像苔藓一样。我希望有一天能爬上去祈祷，聆听石头的布道。

广阔的图奥勒米草地呈现出一片鲜花盛开的美景，位于图奥勒米河南边支流海拔八千五百到九千英尺的地方，有一部分被森林和冰蚀花岗岩隔断了。从这里看过去，大山仿佛被移走或者是后置了，所以从各个方向都能有开阔的视野。这片草地的上部在莱尔峰（Lyell Mount）的底端，下部位于霍夫曼山脊的东端，所以总体长度大约在十到十二英里。这些草地的宽度不等，从四分之一英里到四分之三英里都有，而且还有很多草地横向地分布在分支溪流的两岸。这可是我见过的最宽阔、愉快的高地乐园。空气清冽提神，但在白天仍然很温暖；尽管身处高地，但因四周都是更高的山峦，所以让人感觉像是在一个巨大的很有安全感的大厅里。达纳峰（Mount Dana）和吉布斯峰（Mount Gibbs）都是巨大的红色大山，至少有一万三千英尺高，挡住了东边的视野，主教峰和独角兽峰（Unicorn Peaks）以及很多不知名的山峰则矗立在南方，西边是霍夫曼山脉，还有我不知道名字的一系列山峰在北面，其中有一座非常像主教峰。草地上的草大部分都如丝绸般光滑，叶片非常细长，形成一片密实的草皮，上面开着一丛丛紫色的小花，就像飘浮在薄雾中的飞花。草皮上至少生长着三种龙胆属植物和至少三种以上的直草果属，还有委陵菜属、伊薇莎属，一枝黄花属以及钓钟柳属植物，它们的颜色鲜艳活泼，有紫色、蓝色、黄色、红色——我大概不久之后就能更了解它们了。我们可能会在这里建立一个中央营地，这样我就可以在附近的大山里尽情游走了。

回程路上我在特纳亚湖东边三英里的地方遇到了我们的羊群。我们在这附近分水岭顶部的一个小湖旁边扎营过夜，头顶是一片扭叶松林。我们现在所处的位置海拔约有九千英尺。小湖泊在每种地形条件下都存在着——在山脊上，在大山一侧，在一堆冰碛卵石中，其实它们中的大部分都只能算是池塘。只有在山谷中倾斜度大的斜坡脚下，溪流汇聚处才能发现又大又深的湖泊，因为在这种地形处冰川的向下冲击力是最大的。如果能追溯它们的源头，好好研究一番，那该是多愉快的一项工作啊！它们的水质是那么纯净，就像光洁的石盆中的水晶一样晶莹通透！至少在我见过的湖泊里，还没有发现有鱼的，我想可能是因为瀑布太多，所以鱼儿们无法进入这些湖泊。不过有人可能会认为鱼卵应该会有机会被带入这些湖泊，比如粘在鸭子脚上被带进来，或者在鸭嘴里，在嗉囊里，就像一些植物种子的传播一样。大自然有无尽的方法来完成这样的任务。几乎所有的水潭池塘和湖泊里都能见到的青蛙是如何来到这高高的大山里的呢？肯定不是跳上来的。穿过干燥的灌木丛和卵石的路途对青蛙来说一定是非常非常困难的。可能是它们那黏黏的胶状的青蛙卵，被粘在水鸟脚上偶然带来了。不管怎么说，青蛙们在这儿活得健康快乐，叫声洪亮。我非常喜欢它们高低起伏的呱呱叫声。有时候它们甚至能取代歌唱的鸟儿。

八月十日

又是一个迷人欢乐的日子，我全身血液沸腾、精神抖擞，好像有用不完的精力，几乎成了神仙。再次观察了被冰河耕耘过的宽阔分水岭，一次又一次地凝望着山间圣殿和草地东边的广袤的红色大山。

我们的营地离河北岸的苏打泉（Soda Springs）很近。赶羊群过河又费了我们很大的力气。它们被赶到一个马蹄状的河湾里，全都挤在岸边。它们仿佛是宁死也不愿沾水，虽然在迫不得已的情况下它们都是游泳好手。我不知道为什么羊群如此害怕水，但它们真的好像一出生，甚至出生之前就开始怕水了。我曾见过一只刚出生几个小时的羊羔，试着蹚过一条大概只有两英尺宽、一英寸深的浅溪——在此之前它这一辈子走过的路加起来也不过一百英尺。它所在的羊群都已经蹚过了这条一英寸深的小溪，这只小羊羔和它的妈妈是最后渡过溪流的，所以我有机会好好地观察它们。前面的羊群刚把路让出来，急切的母羊就跨过溪水呼唤它的小羊跟着过去。小羊羔小心翼翼地走到水边，盯着水面，发出可怜巴巴的声音，不敢冒险。母羊很有耐心地一遍遍回来鼓励小羊过河，但却一直没有成功。就像约旦河边面对暴风雨的朝圣者一样，小羊羔害怕跨出第一步。最终，它鼓起勇气并拢它那还没走过多少路的四条发抖的腿，猛地仰起头，就像知道会被淹没一样高高地把鼻子抬起露出水面，奋力一跳，最后落在那浅浅的小溪中间。它好像非常惊讶水只弄湿了它的脚趾，而不是淹没它的头顶和耳朵，有好几秒钟的时间它呆呆地望着水面，最终一跳，安全而干爽地到达了对岸，完成了这次可怕的冒险。所有的野生羊都是大山里生活的动物，它们的后代竟然如此怕水，真是令人费解。

八月十一日

天气非常好，阳光灿烂，中午大约下了十分钟的雷雨。今天我整天都在附近转悠，熟悉河北岸的区域。我发现了一个小小的湖泊，还在广阔的扭叶松林间见到了很多迷人的冰川草地。森林生长在宽阔的，几乎连续不断的冰碛沉积土上，所有的树木的长势都很平均，而且比低处的任何冷杉林或松林都长得密集。这些树木的生长如此平均，大约是因为它们都是差不多的树龄。这多半是因为森林大火而造成的。我在好几个地方看见大片或者大块的褪色的枯木，它们下面的地上生长着差不多大小的幼树。野火能烧过整片森林，除了因为这些树薄薄的树皮上都滴落着树脂之外，还因为这些树都长得很密，肥沃的土壤催生了大片的高大阔叶的草，即使在没有风的天气，它们也为大火的蔓延提供了通道。除了这些被大火烧光的成片的树林外，还有很多被连根拔起的树随处分布，有些树上还有树皮和针叶，就像是最近才被猛烈的暴风雨刮倒的。我还看见了一只体型很大的黑

冰川草地，位于图奥勒米河源头，海拔九千五百英尺

尾雄鹿，头上的鹿角很像是倒地的松树那朝天的树根。

在浓密的森林里艰难跋涉很久后，我终于见到了一片阳光灿烂的草地，就像是一湖的阳光十分炫目。这片草地大约一英里半长，四分之一到二分之一英里宽，周围长着高高的像箭一般耸立的松树。和周围的冰川草地一样，这里的草皮主要是丝绸般顺滑的剪股颖属和异颖草属，它们圆锥状的花丛和紫色的根茎非常的轻盈，就像薄薄的轻雾一样飘浮在绿色的长绒毯上。还有好几种龙胆属、委陵菜、伊薇莎属和直果草属等植物，以及与它们相伴的蜜蜂和蝴蝶，都为这草地增色不少。所有的冰川草地都很漂亮，但很少有能像这么完美的。与它相比，大部分精心整理修剪的人工草坪都显得粗糙不堪。我真想永远住在这里。这里如此的宁静、远离尘嚣，却又对世上一切美好事物敞开胸怀。在这片美丽的草地的北边，我发现了一些印第安猎人的营地。他们的篝火还在燃烧，但猎手们还没狩猎回来。

我走过一片又一片草地，每一片草地都美得无法用言语描述；我从一个湖泊走到另一个湖泊，穿过一片片松林带。我朝北一直向着康尼斯峰（Mount Connes）前进，一路都是美景相伴，周围的大山也在呼唤着：“来吧！”希望我能攀上每一座山峰。

八月十二日

海拔发生了变化，但天空的景色却没什么区别。云的覆盖率在百分之零点五。美丽的珍珠色积雨云上点缀着色调优美得无法言表的紫色。我们把营地迁移到了上面提到的冰川草地的一侧。让羊群糟蹋这么美丽神圣的一个地方真是野蛮行为。谢天谢地羊群更喜欢汁水丰富的阔叶小麦属植物和其他林地的草类，不太爱吃草地上丝绸般顺滑的草叶，所以很少有羊踏足草地去吃那里的草。

牧羊人和“堂吉诃德”在放牧方法上总是无法达成一致。“堂吉诃德”认为比利太过经常用他的小狗杰克来看管羊群；今天他们还就此吵了好几次，牧羊人大声嚷嚷说他有权利想怎么用狗牧羊就怎么用，之后他就离开我们回平原去了。尽管德莱尼先生承诺他将照看羊群一段时间，然后回低地去另找一个牧羊人来，让我还是可以自由游荡，但我觉得照看羊群的重任就要落到我的肩头了。

今天漫步的收获很大。我朝北行进到森林之外，到了大盆地的上缘，那儿冰河效应留下的痕迹清晰可见，非常有趣。山峰间的低谷就像采石场一样，冰碛的岩石碎片和卵石就像新鲜开采出来的一样，散落在大自然的冰川工作室里。

我刚回到营地就有一个印第安人来拜访我们，他可能是我之前发现的营地里住的猎人。他说他和他的族人是从默诺来这里猎鹿的。他还扛着他在附近杀死的一头鹿，鹿的四只脚捆在一起，顶在他的额头上，就像装饰物一样。他放下他的死鹿，以印第安人特有的方式一言不发地冷冷地看了我们几分钟之后，割下了八到十磅的鹿肉给我们，然后向我们索要一点儿他看到或者是他能想到的一切物品——面粉、面包、糖、烟草、威士忌、针，等等。我们按肉的价钱公平地交易给他一些面粉和糖，还加了几根针。在这干净的野外，这些黑眼黑发、半快乐的野蛮人过着奇怪的肮脏又没有规律的生活——时而饥饿，时而富足，时而如死亡般安静、倦怠，时而显示出令人敬仰、勤勉不息的行动力，这些对立面像冬夏季节交替一样，轮流出现。他们拥有两样东西是文明社会的劳动者所艳羡的——纯净的空气和水。这些足以弥补和矫正他们生活中的粗陋。他们的食物主要是美味的莓果、松子、苜蓿、百合球茎、野山羊、羚羊、鹿、松鸡、艾草鸡，还有蚂蚁、黄蜂、蜜蜂和其他一些昆虫的幼虫。

八月十三日

整天都是晴天，黎明和黄昏时分的天空呈紫色，正午时分则是金色的。没有云，空气中一丝风都没有。德莱尼先生今天带来了两个牧羊人，其中一个是印第安人。他在从平原上山的路上，把一部分物资留在了波丘派恩河上的葡萄牙营地，离我们之前的约塞米蒂营地很近，今天早上我带着一匹马去取那些物资。我到那儿的时候是中午，如果回到图奥勒米的时候就会是晚上很晚了，所以我决定接受葡萄牙营地牧羊人的邀请在那里过夜了。他们告诉我约塞米蒂熊让他们损失了不少羊，以至于他们几乎要决定离开大山了；尽管牧羊人想尽办法，但那些熊仍然每天晚上都去偷走一只甚至好几只羊。

我整个下午都沿着巨大的约塞米蒂山谷峭壁漫步。从被称为“三兄弟”的最高的岩峰上，我俯瞰到整个山谷上半部的地面，还有两面以及顶部的所有岩峰，背景则是白雪皑皑的山峰。也看见了春天瀑布和内华达瀑布，这是一幅绝美的画面——岩石的力量和坚韧与植物的脆弱之美和短暂生命的对比；水流在轰鸣中坠落，而同样的水流又以无比温柔的方式淌过草地和树林。这个立足点的海拔大约有八千英尺，高于谷底四千英尺，每棵树看上去像羽毛一样轻盈细小，但它们站立的姿势却鲜明醒目，就连树荫都非常清晰，就像从几英尺外看过去一样。它们看上去更是如此。这山间公园的特别之美和迷人气质无法用言语描述——大自然的花园既温柔美丽又庄严沉静。难怪全世界爱好大自然的人都要来这里游览。

即使在这高高的山峰上，冰川效应的痕迹也显而易见。这些在阳光下微笑的山谷都曾经覆盖着满满的冰雪，而且还被深深地埋在下面。

我今天还去了我们之前在印第安溪源头的约塞米蒂营地，发现这片营地已经在熊的袭击下几乎被夷为平地。因为拥挤窒息而死的羊全都被熊吃掉了，这些熊当中有些肯定已经死掉了，因为德莱尼先生在离开营地之前在羊的尸体里放了大量的毒药。所有的养羊人都随身带着马钱子碱，用来毒死野狼、熊、豹，尽管野狼和豹在这高海拔山区并不常见。像狗一样的小野狼在山脚和平原地区比较多见，因为在那里它们的食物来源广泛——在八千英尺以上的地区我只见到过一次豹的踪迹。

太阳下山后，我在回葡萄牙营地的路上发现牧羊人因为熊已经越来越爱吃羊肉而激愤不已。“它们越来越过分了！”他们哀怨地说。这些熊已经不再等到天黑后才吃晚餐了，在光天化日之下它们就来大饱口福了。在我到那儿的前一天晚上，日落前大约半个小时的时候，那两个牧羊人正悠闲地赶着羊群回营地，一头饥饿的熊从灌木丛里扑出来，离它们只有几英尺，朝着羊群移动。“葡萄牙乔”，总是带着一只装着大粒铅弹的枪，他激动地朝熊开枪，然后还没等看到开枪的结果就扔掉枪爬到最近一棵树的安全高度以上。他的同伴也逃跑了，但他说他看见熊用后腿站起来，举起前爪，就像要对谁表达点什么，然后，这只好像受伤了的熊就消失在灌木里了。

附近还有一个他们的营地，太阳下山之前一头带着两头幼崽的熊袭击了他们的羊群，那时他们正在回畜栏的路上。乔迅速爬上树逃离了危险，但安东尼则指责乔胆小懦弱、临阵逃脱，说他自己肯定不会任凭熊在光天化日下吃光他的羊。他冲向那头熊，一边大叫一边放狗冲上去。被吓坏了的两头幼崽爬上了一棵树，但母熊朝着牧羊人冲过来，好像随时准备着战斗。安东尼惊讶得愣了一会儿，盯着冲过来的熊，转头逃走，那头熊紧随其后。因为附近没有适合攀爬的树，他跑回了营地，爬上了一个小木屋的房顶；这头熊也跟着去了营地，却没有爬上屋顶——它就站在下面盯了安东尼好几分钟，威胁他，把他吓得魂飞魄散，然后母熊走向自己的幼崽，把它们从树上叫下来，再走回羊群里，抓走了一只羊做晚餐，之后它们就消失在灌木丛里了。这头熊一离开小木屋，吓得发抖的安东尼恳求乔为他找到了一棵安全的树，他像攀爬桅杆的水手一样飞快爬上树，一直在上面待到他自己支撑不住了才下来，因为那棵树上没有任何可以攀附的枝桠。在这恐怖的经历之后，这两个牧羊人砍了一些木柴，捡了一些干木头，每天晚上沿着畜栏外点燃了一圈篝火，还在附近的一棵松树上搭建了一个舒服的平台，每天晚上他们中的一个带着枪在这个能俯瞰整个营地的平台上放哨。今天晚上这圈篝火烧得很旺，让周围的树在火光下显得特别醒目，上千只羊的眼睛也像闪耀的钻石一样发着光。

八月十四日

昨天晚上直到我上床睡觉，一切都很安静。但我们随时准备迎接那毛发蓬松的强盗的光临。它们直到接近午夜时分才出现，其中一对熊直接来到两堆大篝火之间的畜栏处，翻进去咬死两只羊，还有十只羊因为拥挤而闷死了。树上值班的哨兵却吓得一枪也没敢开，说因为熊在他瞄准之前就爬进了畜栏，他害怕会不小心射到羊群。我告诉牧羊人们他们应该马上把羊群转移到别的营地。“噢，没用的，没用的！”他们抱怨说，“无论我们去到哪里，熊就跟到哪里。看看我那可怜的死羊们吧——要不了多久所有的羊会都死去的。去别的营地也没用。我们下山回平原去。”我后来得知，他们比通常提前了一个月离开山里。如果熊的数量更多，破坏性更大，所有的羊都不会出现在山上了。

熊喜欢一切的肉类，会冒着子弹、火焰、毒药的危险来吃羊，却从不会袭击人类，除非是为了保护它们的幼崽。在我们睡觉的时候，熊应该能够很轻易地把我们叼走的。似乎学会如何猎食人类的动物只有狼和老虎，也许还有鲨鱼和鳄鱼。在世界某个角落，蚊子和其他昆虫有可能将一个无助的人吞食干净，狮子、猎豹、狼、野狼、非洲豹在非常饥饿的情况下也有可能吃人——但是在一般的情况下，在陆地动物中，也许只有老虎能被称作是食人兽——除非我们把人类自己也算上。

和平常一样，今天的天空云的覆盖率约百分之零点五。又是山间美好的一天，温暖、清冽、芬芳、清新。很多开花植物已经进入结种子的阶段，但其他很多仍然在每天绽放花朵。冷杉和松树比以前更芬芳了。它们的种子已经接近成熟，很快就能展开翅膀，快乐地飞向生命的下一站了。

在回图奥勒米营地的路上，我一路看到的景色比初见的时候更美丽。周遭的一切都很熟悉，就像我一直住在附近一样。望着那美妙的主教峰，我永远不觉得疲倦。它比我见过的任何岩山都要有个性，也许除了约塞米蒂南穹顶之外。森林看上去也亲切熟悉，湖泊、草地、歌唱的溪流也是如此。我真希望能永远在它们中间驻足。在这里，只要有面包和水我就满足了。即使不能爬山漫步，即使被拴在树桩上或者草地、树林的一棵树上，我也会非常满足。沐浴在这迷人的美景中，观察大山一直变化的表情，抬头仰望星空，那是在低地做梦也看不到的星星啊，目睹四季变化，聆听流水、轻风、鸟儿的歌声，都是无尽的愉悦。我将能欣赏到壮丽的云景，无论风暴中还是平静时——每天都是新生的天地，新的居民。我将能见到无数的访客。在这里我绝对不会有片刻无聊的时间。这种生活怎么会是夸张的呢？这仅仅是常识、是健康的标志，是真正、自然、完全苏醒的健康。就像是身处一场永不完结的神圣演出，里面的演讲、音乐、表演、背景、灯光都无比美妙——太阳、月亮、星辰、朝霞。创造才刚刚开始，晨星"依然在齐声歌唱，上帝之子在欢乐呼喊"。

八月二十一日

刚结束一次完美的野外徒步，穿越山脉，去了默诺湖，行走路线是默诺小径或称布拉迪峡谷通道。整个夏天德莱尼先生对我都很好，对我从不吝惜帮助和支持，仿佛把我那些有关野外的见解、研究和漫步看作是他自己的事。和很多杰出的加州人士一样，他经历过淘金热中的膨胀和磨练，就像内华达山脉被冰川碾磨后更能显出大山的性格一样，他也成为一位性格坚毅的业主——这位个子高高、身材瘦削、骨骼宽大、心胸宽广的爱尔兰人，在梅努斯大学（Maynooth College）求学，学习成为一名牧师——他身上有很多优秀品质，在这大山的映衬下不时闪耀着光芒。得知我对野地的爱好，他有天晚上告诉我应该穿越布拉迪峡谷，因为他确信我一定会觉得那里足够野性。他说他自己还没去过那里，不过他的很多矿工朋友都说那里是内华达山脉通道中最原始的。我当然很愿意去。它就在我们营地的东边，从山脊顶端陡然向下直到默诺沙漠（Mono Dessert）边缘，在大约四英里的距离中下降了大约四千英尺。在1858年的淘金热之前，这里还没有被白人发现，只有山间动物和印第安人知道并且使用这山道，从汇聚到通道开始处的很多古代小道就不难看出这点。它被称为布拉迪的原因，可能来源于峡谷里富有的红色变质页岩，也可能是因为总有不幸的动物不得不滑过卵石的尖角，在卵石上留下的斑斑血迹。

一大早，我在腰带上拴好我的笔记本和一些面包，满怀希望和期待，大步踏上征程，预感这一次的旅途一定会乐趣多多。我路上经过的冰川草原让我慢下脚步，因为草地上开满了蓝色的龙胆属植物、雏菊、美国熊果属、矮越橘，它们像呼唤老朋友一样招呼我，此外，我不得不一次次地停下脚步观察古冰川携带巨大压力扫过后留下的闪亮岩石，有些地方的岩石被打磨得非常光滑，就像镜子一样反射着阳光，而在放大镜下显而易见的细痕则显示出冰川移动的方向。在一些光滑的斜坡上，有岩石陡然断裂形成的台阶，显示不时有大块岩石和小石块一样，在冰川压力下坍陷。冰碛石有些散落开，随处分布着，有些则像弯曲的大坝一样规则排列，让这个地区的地面呈现年轻，像是刚形成的地表形态。我越往上爬，观察到的松树就越来越矮，沿途的其他植物也是这样。在通道南边，我在猛犸山（Mammoth Mountain）的斜坡上的树林里发现了很多沟壑，从森林线的上缘一直延伸到草地，那就是雪崩滑下的地方，一路把所有的树木和它们赖以生长的土壤一并冲走，只留下光秃秃的岩石。所有的树几乎都被连根拔起，只有少数紧紧地抓住岩石缝隙的树木被从接近地面的地方折断。第一眼看上去会觉得非常奇怪，因为已经在这里不受干扰地生长了一个多世纪的树木，在一击之下就全军覆没了。那种规模的雪崩只会在很少见的天气状况和降雪情况下发生。毫无疑问，在大山的一些斜坡，因为倾斜度高而且地表光滑，所以在每个冬天都会发生雪崩，甚至每次大暴雪之后都会出现，所以在雪崩的通道上，树木和灌木都无法生存。我发现了好几个这样的树木被一扫而光的斜坡。这些在被称为“世纪雪崩”的灾难中冲走的树木都树根朝天地堆在一起，紧紧地挤在沟渠两边的树墙上，头朝下摆放着，除了一小部分被冲到草地的开阔区域，停留在雪崩停止的地方。松树的幼苗主要有扭叶松和白皮松两种，已经在这些被一扫而光的山沟中生长起来。如果能查明这些幼苗的年龄，我们就能大致推算出大雪崩发生的年代了。有可能大部分的大雪崩都发生在同一个冬季。如果我能自由地研究这个课题就太好了。

在雪崩通道开始处接近山顶的地方，我发现一种矮柳完美地贴在地面水平生长，形成一片漂亮、柔软的灰色丝滑地毯，没有一根枝干是超过三英寸高的。但它们发出的柳絮则已经接近成熟，朵朵直立，形成一片紧密、规则的灰色花丛，而且比其他的植物形态都大。这些有趣的矮柳只有一枝柳絮——它们已经降到最矮的程度。我还发现一些矮越橘也形成了光滑的毯子，紧紧地贴着地面或者靠着石头的一面生长，上面开满了无数粉色的圆形花朵，就像从空中落下的冰雹一样。再往高处，在这通道的最顶端，我发现了蓝色的北极雏菊，还有开紫色花的比安属植物，它们才是大山的骄子，这些温柔的登山家，与天空面对面，奇迹般保持着安全和温暖，它们生长的家园越是原始、风暴越是强烈，它们就生长得越纯净、越美丽。树脂丰富的强悍树种好像是不能再往上爬了，但在远高于森林线的这高山上，这些柔弱的植物却一路向上攀爬，把灰色、粉色的花毯一直铺到空谷和浅谷里的积雪边缘。这里还有我们熟悉的知更鸟，在鲜花盛开的草地上轻盈跳跃，勇敢地唱着欢乐的歌曲，和我儿时从老苏格兰刚到威斯康星时初次听到的歌声一模一样。在这迷人的旅伴的陪伴下，我入神地在这里漫步，完全没有在意到时间的流逝。最后我进入了山道口，巨大的岩石开始在我周围聚拢，显得神秘无比，让人印象深刻。接着，一群奇怪的、毛茸茸的、发出低沉声音的动物朝我走过来，让我吓了一跳，它们拖着脚步，摇摇晃晃，仿佛身体里没有骨头。如果我能早点发现它们，我一定会尽量避开。与我刚才欣赏到的一切相比，它们形成如此强烈的对比。当我接近的时候，我才发现他们其实只是一群从默诺到约塞米蒂来采集橡子的印第安人。他们身上裹着野兔皮做成的毯子。他们有的人脸上积累的厚厚的灰尘年深日久，感觉已经可以用作地质研究了；有的脸上模模糊糊，被疤痕和皱纹分割成几块，看上去就像裂开的岩缝，表面就像是长期暴露在恶劣天气下被风化过似的。我本想一步不停地经过他们，但他们却不让，反而阴沉地绕着我形成一个圈，紧紧地把我围在里面，向我讨要威士忌和烟草，我无论怎么解释他们也不相信我身上没有这些东西。从这群灰扑扑的、可怕的人群中脱身后，看着他们在小径那头消失，我简直太高兴了！但同时我觉得对自己的同类感到如此绝望的反感也是很忧伤的事情，尽管他们已经很落魄了。相对自己的同类来说，我更喜欢松鼠和花栗鼠的群族，这的确是不太正常的事情。既然我们之间现在隔着一阵清新的微风、一座山峰，我必须祝福他们万事如意，而且与彭斯一起祈祷吟唱："这一天定会来到，不管怎么着；到那时，天下姊妹、兄弟父老，四海一家是同胞，不管怎么着。"

我几乎不知道这一天是怎么度过的。从地图上看我只走了大约十到十二英里，但太阳却已经落到了西边，说明我已经在冰川岩、冰碛石和高山的花床上，花了很长时间游荡、观察、素描、做笔记。

日落时分，昏暗的悬崖和山峰在晚霞的映照下呈现出难以言表的美，大地上的一切都被这庄严肃穆的寂静所笼罩。我爬进峡谷口的小湖边上的浅谷，清理出一块有遮蔽的地方，采集了一些松叶穗铺成床。短暂的黄昏暗过去之后，我点燃了明亮的篝火，煮了一壶茶，躺下来看星星。不久夜风就从雪峰上吹过头顶，最初是几缕轻风，接着风力变大，不到一个小时，巨大的风声就像是激越的溪水冲过狭窄的卵石河道，呼啸着、叫喊着冲下峡谷，就像赶着完成命中注定的重要工作一样；与这暴风的声音呼应的是峡谷北边的瀑布声，那水声一会儿清晰可闻，一会儿又被沉重的气流声掩盖，书写出一篇壮丽的野外诗篇。尽管是在一个有遮蔽的角落里，我的篝火仍然在风中挣扎扭动，就像生命垂危，它头上那已经被分流的寒风仍然像一座冰山一样压在身上，把火星和炭渣吹得四处飞溅，我必须退得很远才不至于被烧伤。但这巨大的树脂丰富的树根和树干结是不会轻易被击倒、吹走的，燃烧的火焰一会儿伸出长长的火舌，一会儿盘旋在地面，好像在讲述它们那棵树之前经历的风暴故事似的呼喊着，就像它们现在发出的光芒，正是之前在数个世纪的夏日里搜集的阳光一样。

在巨大的黑色峭壁的缝隙里，闪烁的星光无比清晰。我正躺着温习今天学到的东西，一轮满月忽然从峡谷的峭壁上探出头来俯视着我，她的脸上写满了关切，让人有些吃惊，就好像她离开了天空，下到凡间，仅仅是为了来看看我，就像进到我卧室的一个人。很难相信她仍然坚守在天空属于她的位置没有移动，而且是照耀着半个地球，有陆地与海洋、大山与平原、湖泊与河流、海水、船只，还有容纳无数的生命的城市，无论他们是在沉沉的睡眠中，还是在清醒地行走着，无论健康还是疾病。不，看上去她就悬挂在布拉迪峡谷的边缘，只看着我一个人。这是真正的接近了大自然。我记得在威斯康星的时候看着满月从橡树顶上升起，她看上去有车轮那么大，而且就在半英里外。除了这些例外，我可以说我还从没好好看过月亮，今夜她看上去充满了生命的气息，离我如此之近，这种景象实在是令人震撼，让我忘记了那些印第安人，忘记了我头顶上的巨大的黑色岩石、还忘记了野外呼号的风声和流水奔向巨大峡谷时的声音。不难想象我只睡了一小会儿，而且无比高兴地迎来了这默诺沙漠的黎明。当我煮好一杯茶水的时候，阳光已经洒满整个峡谷，我挺直腰坐着，热切地凝视着眼前红色页岩组成的巨大山墙，它们已经被风化得伤痕累累，斑驳处处，只要有一次巨大的雪崩，这些页岩就会随之崩塌，阻塞山道、填满连成串的小湖。很快，它们的美丽就显现出来了，我的目光从一块块岩石间跳过，欣赏这些光滑的大块岩石在倾斜的阳光下闪闪发亮，这与这片土地上冰碛土和雪崩形成的岩堆的崎岖不平形成鲜明的对比，就这样，我的目光一直看到峡谷口接近最高的冰雪之源处。这里的低矮植物和昨天在分水岭另一边看到的大部分都一样，现在已经睁开了它们美丽的眼睛。没人能够不赞美大自然在这荒野之上对它们的温柔照料。小小的黑鸫鸟轻快地在峡谷溪流湍急的流水边的岩石间跳跃，潜入冰水潭里寻觅早餐，它们快乐地歌唱着，仿佛这曾被冰川扫过的巨大崎岖峡谷是大山间最美丽的家园。峡谷北边的峭壁上有一瀑布高高悬挂着，仿佛是从天而下，此外还有很多窄小的瀑布，像是闪亮的银色飘带，从红色的岩壁上沿着变质页岩斜向的裂痕蜿蜒而下，一会儿缩起身子不见踪影，一会儿又在阳光洒下形成的纱幕间的岩壁上奔波跳跃。在这些支流汇聚成的峡谷溪流的主干上，还有一系列小瀑布和激流，一直延伸到峡谷底部，仅仅在中间经过的湖泊里，这些翻滚的水流才会稍事休息。这里最美丽的一个瀑布在经过峭壁的表面时，水流分散成丝带般的长条，顺着岩石节理的裂纹织成菱形的花纹，一丛丛美丽的线香石南属、禾草、鼠尾草、雨伞草、龙胆属植物、多瓣木属、报春花丛则装饰在周围；在中间区域有翠雀属、耧斗菜、直果草属、火焰草属、风信子、柳叶菜属、紫罗兰、薄荷、西洋蓍草等植物；在底部则有向日葵、百合、刺玫瑰、鸢尾属植物、忍冬、铁线莲等。

其中一座小瀑布，被我命名为树荫瀑布（Bower Cascade），位于通道的下部，周围的植被繁茂如雪。野玫瑰和山茱萸搭成了厚厚一顶穹拱，覆盖在溪流上方，而在这溪流的树荫之外，冲进来的小支流让溪水的力量强大起来，朝着阳光处飞奔而去，顺着往下的弯道流淌，一路激起无数飞溅的浪花。在峡谷底部的终碛形成的水坝拦住了溪水，形成了一个湖。峡谷里还有三个湖是因为硬质岩石被侵蚀后形成的，那里冰川的压力最大，湖盆边缘最抗冰蚀的部分被打磨得无比光滑和美丽。在冰碛湖下游，峡谷底部，还有一些老湖盆位于延伸至沙漠中的横向冰碛之间。现在这些湖盆已经被溪水带来的各种物质填满，变成了干燥的沙质平地，上面主要生长着青草、艾属植物和喜阳光的植物。在消融较少和降雪较多两个因素的作用下，冰川消退经过一个比较缓慢的时期，终碛坝得以堆积成形，于是在地势较低的地方形成了这些湖盆。

我清晨散步时从默诺平原的边缘仰望峡谷，简直如梦幻般美丽，植被和气候的变化非常鲜明。冰碛湖畔的百合长得高过我的头顶，阳光非常炎热，达到足以供棕榈树生长的程度。而在峡口顶部围绕着寒带花园的积雪仍然清晰可见，这离我现在的地方仅仅四英里之遥。它们之间则生长着全球主要气候带的各种植物类型。不到一个小时的时间，你就可以从冬天俯冲至夏天，从寒带到热带，就像从拉布拉多旅行到佛罗里达一样。

我之前遇到的印第安人在上山之前是在峡谷底部扎营过夜的，在冰碛湖旁一条小支流岸边，我发现了他们昨夜的篝火还在冒着烟。离湖边四到五英里的地方，在默诺沙漠边缘，我发现一片披碱草属植物，又称野生黑麦，高达四到八英尺，麦穗长达六到八英寸，非常壮观。黑麦已经成熟，印第安妇女正在用篮子采集，她们拉下一枝麦穗，将种子拍打出来，并利用风把麦壳吹走。野麦种子大约有八分之五英寸长，黑色，味甜。我想它做出来的面包一定和麦子面包一样美味。采集野麦的工作看上去很像松鼠平时的工作，而这些妇女看上去都很享受，一边欢笑一边聊天，看上去与自然浑然一体，而我见过的大部分印第安人跟我们白人一样，生活一点都不与自然沾边。也许如果我能更了解他们，我会更喜欢上他们吧。他们最大的缺点就是不干净。当然，真正自然原始的东西是没有不干净的。在默诺湖边我发现了他们的一些简陋的草棚，搭在疾速的流向这个呆滞的湖中的小溪边上——仅仅是些茅屋，供他们自在地吃喝坐卧。有几个男人躺在水牛莓高高的灌木下，吃着成熟的果实。这些莓果其实很无味，但一定很健康，因为据说印第安人能连续很多天都只以此为食。同样，在相应的季节，他们也主要靠吃苍蝇在咸水湖里孵化的肥硕幼虫，或者吃以西黄松叶子为食的一种皱巴巴、胖乎乎的蚕。有时候他们也会组织大型的猎兔活动，上百只兔子会惊恐地被鼠尾草丛点燃的火圈围堵在湖边，一大群狗、男孩、女孩、男人、女人们追逐而至，棍棒齐下，可想而知它们很快就死路一条。它们的皮被做成了毯子。在秋天，比较积极捕猎的猎人会从高山上带回不少的鹿，有时甚至还有野羊。以前在深山腹地的沙漠中，曾经有很多羚羊。野鸡、松鸡、松鼠也为他们以虫子为主的野味大餐增加了些菜式；他们还会吃一种有趣的单叶松松子，也吃橡子和野麦做成的不错的面包和粥。奇怪的是，他们好像最喜欢湖里的苍蝇幼虫。成排的干草被湖水冲到岸上，他们把这些干草搜集起来晾干，作为冬季的谷物。据说，因为侵犯对方的虫子捕获地，印第安部落和家族之间经常发生战争。每个部落和家族都在湖边划出一块属于自己的区域。松子是很美味的——每个秋天他们都大量采集松子。山脊西侧的部落用橡子来交换虫子和松子。女人们背上扛着重重的包袱，穿过崎岖的通道，走下山脊，单程路程达四十或五十英里。

围绕湖边的沙漠上花儿开得异常繁茂。在很多地方，我都在鼠尾草丛中发现了门策贝属、叶子花属、紫菀属、琵格罗维亚属以及吉莉草属等，它们都在愉悦地享受着阳光的照耀。特别是叶子花属，是一种非常精致、芬芳、迷人的植物。

朝南边望去，默诺湖和火山锥

最高的默诺火山锥（近景）

峡谷口的对面，有一排火山锥从湖边一直往南延伸，就像一排大山突然从沙漠上耸立起来。这些火山锥中最大的一座大约高于湖面两千五百英尺，火山口的形状非常完整，很明显是最近才形成的。从几英里外看过去，它们就像是松松地落在地上的灰堆，从未被雨雪侵扰过。但即使如此，西黄松还是爬上了它们灰色的斜坡，希望为这些灰堆穿上美丽的植被衣裳。这真是美丽的对比啊！炎热的沙漠被白雪覆盖的大山包围——灰烬和火山渣散落在被冰川磨平的路面上——冰霜和野火共同创造着美丽。在湖里还有好几个火山岛，说明这里曾是一片水火交融的景象。

我很高兴回到大山绿色的一面，尽管灰色一面也让我非常欣赏，而且希望能多回去。阅读这大山书写的壮丽诗篇，无论寒暑交替、无论风暴还是宁静、无论是向上隆起的火山还是向下碾磨的冰川，我们发现大自然所谓的破坏其实都是创造——是从一种美到另一种美的变化。

我们位于苏打泉北面冰川草地上的营地一天比一天美丽。青草已经覆盖了整个地面，但草叶仍然像丝线一样纤细，走在草地上感觉就像是踩在又厚又软的长绒地毯上，紫色的花穗拂过脚面时轻柔得已经觉察不到了。这是一块典型的冰川草地，位于一个已经消失的湖泊的湖盆里，周围箭一般耸立的扭叶松像整齐排列游行的士兵一样，清晰地勾勒出草地的轮廓。在周边的树林里，还有很多类似的草地。沿着河岸的主要草地大多形态相似，绵延十到十二英里，几乎没有中断，但我们营地的这片草地一定是其中最美丽的。比起最繁茂时期的威斯康星或者伊利诺伊大草原，这片草地上的开花植物的种类更加丰富。这些盛开的花儿主要是三种龙胆属植物、一种紫色和黄色的直果草属、一两种秋麒麟草属、一种很像龙胆属植物的小小的蓝色钓钟柳属、委陵菜、伊薇莎属、马先蒿属、白色紫罗兰、美国熊果属和比安属，

从默诺湖看去的山间景色

没有任何的杂草。有一条小溪静静地流过这片鲜花盛开的草地，它悄悄地流淌，无声无息地卷起漩涡，好像生怕弄出一点噪音。这条小溪的大部分都只有三英尺宽，有时会流过六到八英尺直径的小水潭，却没有任何激流产生。岸边青苔丰厚的草地延伸到水边，禾草的圆锥花丛像小型松树一样，覆盖在溪流之上，沉在水中的大石上则覆盖着一片片线香石南属。在草地的下缘，被植物的汁液滋润后的小溪快乐地歌唱着，淌过岩石的边缘，奔向图奥勒米河。庄严宏大的达纳峰和与它相伴的其他山峰耸立在东边地平线上的松林顶上，呈现出绿色、红色、白色等色彩；北边是灰色的崎岖的花岗岩形成的峭壁和大山；顶着有趣的尖峰和城垛的霍夫曼峰位于西面；主教峰山脊则携巨大的主教峰、教堂尖顶、独角兽峰和几个其他灰色的尖峰或巨大的圆丘位于南边。

八月二十二日

天空中没有一丝云彩，吹着凉爽的西风，草地上有薄薄的白霜。卡罗不见了，我整天都在找它。在营地和河流之间的密林里，在高高的青草和倒地的松树间，我发现了一只小鹿。最开始它好像想向我走来，但当我试图抓住它，中间只隔一两竿的距离时，它转身轻轻地走开了，就像一只警觉的、正在猎食的小猫一样小心翼翼地落下脚步。接着，好像突然听到警报一般，它开始像成年鹿一样撒腿跑开，高高地跳过倒地的树干，很快就消失在我眼前。也许它是听见了妈妈的呼唤，但我却没听到。我认为小鹿决不会离开它们居住的树丛或者跟着母鹿走开，除非是被呼唤或者被惊吓到。我还是很担心卡罗，附近不远还有一些其他营地和狗，所以我还是希望能找到它。它之前从来没有离开过我。美洲豹在附近很少出现，而且我也不认为这些大猫胆敢动卡罗一根汗毛。卡罗非常了解熊，所以也不可能被熊抓住，至于印第安人，他们根本不想要卡罗。

八月二十三日

凉爽、明媚的一天，显然小阳春即将来临。德莱尼先生去位于赫奇赫奇（Hetch-Hetchy）山谷下的史密斯农场（Smith Ranch）了，离这里大概三十五到四十英里。所以我在接下来的一个多星期将会独自度过——当然也不是真正一个人，因为卡罗回来了。它去了西北边几英里外的一个营地。当我问起它昨天去了哪里、为什么不打招呼就离开的时候，它看上去胆怯又羞愧。它现在正极力想让我安抚它、原谅它。真是一条聪明的狗。我心头的一块大石头终于落地了。我绝不可能不带着它独自离开大山。能回到我身边它似乎看上去也很高兴。

晚霞是美丽的玫瑰色和绯红色，在星星出现后不久，达纳峰顶上出现了一轮巨大而醒目的圆月。我在白色的月光下漫步草地上。乌黑的树影惊人的清晰，就像真的树木一样，我好几次以为它们是黑色的焦木，所以抬脚想跨过它们。

八月二十四日

又是迷人的一天，太阳升起不久之后就温暖起来，没有一丝风，天空中云的覆盖率只有大约百分之零点一——只有一些浅浅的如丝般的卷云，几乎看不见。有些薄霜，大山的轮廓变得柔和，像在梦境中一般，它们粗糙的棱角很明显地融化在这小阳春里。傍晚天空呈现出美丽柔和的深紫色，就像风和日丽的圣华金（San Joaquin）平原上紫色的晚霞。现在月亮高高地升起在达纳峰上方。空气非常清新。我认为世界上没有其他如此高的山脉能拥有如此美好的天气，能像这样热情好客，易于接近。

八月二十五日

早上还是一如往常的清冷，但很快就变成了宁静温暖而且晴朗的天气。接近晚上的时候吹起了冷冽的西风，所以我们都围拢在了篝火旁。在大自然所有鲜花覆盖的高山厅堂里，没有一个比得上这片冰川草地。蜜蜂和蝴蝶好像永远都那么多。尽管薄霜已起，但鸟儿们还在这里，还没有离开这里去温暖的地方过冬。对我来说，我情愿在这里度过整个冬天，或者整个生命，甚至永恒。

八月二十六日

早上有霜，草地上青草的叶片、有些松树的松针上都有了闪烁的彩虹色结晶——那是阳光开出的花。大片美丽的云朵，像是崎岖陡峭的岩石，堆积在达纳峰的顶上，呈现出和大山本身一样的红色。接近地平线处的天空呈浅紫色，与松树的塔状树顶融合在一起，形成非常美丽的效果。和往常一样，我今天在附近到处看看，观察光线的变化、秋天青草成熟的颜色、种子、开花晚的龙胆属植物、翠菊、一枝黄花等等；随处拨开一丛青草，观察下面生长的苔藓和地钱；观察忙碌的蜜蜂、甲虫和其他小家伙工作玩乐，就像森林里的松鼠和熊一样；观察湖泊、草地、冰碛石、山石刻蚀的形成；在各个方面都获得了一些初步的进展，一直被周遭一切的美丽所吸引。

今天多云，但因为云彩比平日明澈，所以总体看来还是很明亮的。云彩的覆盖率大约百分之十五，要是放在瑞士的话，这就算是非常晴朗了。这片山脉上得到的自由阳光的照耀，一定是多于我见过的任何其他地方。这里有最明媚的天气、最闪亮的被冰川打磨出的岩石，那美丽的瀑布上笼罩着无数的彩虹色水雾，银杉和银松的森林闪闪发亮，这里还有明亮的星光和月光，大山深处有无数闪烁的矿石晶体，还有数不尽的镜子般美丽的湖泊，在明亮的阳光下闪烁着光芒。在夏日短暂的雷雨和薄霜的夜晚之后，清晨的阳光倾洒在草尖、松针上的露珠上的时候尤其美丽。此外，这里还有山顶上的晨曦、黄昏时的彩霞，无不闪烁着圣洁的光芒。这山脉真应该命名为“光之山脉”而非“雪之山脉”。

八月二十七日

天空中云彩的覆盖率只有百分之零点五——大部分是白色和粉色的积雨云，飘浮在霍夫曼峰的顶上，直至傍晚——清晨还有霜。这些美丽无比、闪烁光芒的完美晶体形成于平静的夜晚，每一颗都像是最神圣的圣殿一样被精心打造，就像是计划好会永久存在一样。

想到遍布整个山间的蕾丝般的溪流时，我们不禁意识到世间万物都是流动的——都在奔向某处，动物、所谓无生命的岩石，其实都和水流都一样。在创造大自然美丽的冰川或雪崩里，白雪或缓或急地移动；矿物质、植物叶子、种子、孢子在壮丽的气流中移动，一边歌唱一边散发香气；各种状态的岩石，溶解后的，或以泥浆微粒、沙子、鹅卵石和巨砾形式存在的物质，都在溪水中移动。火山的岩浆像泉水一样涌出。成群的动物一起迁徙，有跨步、跳跃、滑行、飞翔、游泳等各种姿态。星星在天际不停地运动，就像大自然心脏里的血液一样，永恒地律动。

八月二十八日

　　黎明是用色彩谱写的壮丽歌曲。天空万里无云。植物上有美丽的白霜。十点之后天气就温暖起来。尽管它们的花瓣非常娇嫩，但龙胆属植物仍然无惧初霜，它们在每天晚上收拢花瓣，就像是进入梦乡，而清晨则在阳光的照耀下醒来，焕若新生。从上周开始，草地慢慢变黄，但目前为止我还没有见到任何种类的枯败植物。蝴蝶和大群的苍蝇每天晚上都被冻僵，但还不到中午，它们就又开始在草地上的阳光中盘旋起舞，丝毫没有丧失生活的乐趣。不久它们就会像果园里的花瓣一样，干枯萎缩，纷纷落下，没有一只翅膀还能留在空中飞舞拍打。但是一旦春天来到，大量新的生命又会诞生，欢乐嬉戏，仿佛在嘲笑寒冷的死亡。

八月二十九日

天空中云的覆盖率是百分之零点五，有薄霜。温和宁静的小阳春天气。我整天都凝望着大山，观察光线的变化。它们身着的光之衣衫越来越明显，大多是白色和浅紫色，中午时分最淡，早晚最浓。世间万物都自觉地保持平静的思考状态，虔诚地等待上帝的旨意。

八月三十日

今天和昨天一样。天空中有几丝一动不动的云彩，其唯一的任务就是让天空显得更美。霜已经足以结成晶体了——那一片美丽的冰钻，却注定只能生存一夜。大自然如此奢侈地建造、推倒、创造、毁灭，追逐每一个变化形态的分子，永远在变，却持久美丽。

德莱尼先生早上到了。他离开的期间我没有感到一丝寂寞。与之相反，我从来没有感受到如此多的伙伴在身边。整个野地都是如此生机勃勃，又无比熟悉，充满了人性。每块石头都能言善语、充满同情、如同兄弟。只要想到我们拥有同一个造物主，这一点就不奇怪了。

八月三十一日

云覆盖率为百分之零点五。丝一般的卷云纤细得几乎无法觉察。昨夜的霜让整个草地都结上了冰晶，但树林里却一点儿也没有。龙胆属植物、秋麒麟属、翠菊等好像对此毫无感觉；尽管它们看上去如此娇嫩，却没有一张叶片、一枚花瓣受伤。每天像花儿一般开放、闭合，悄无声息、毫不费力。整片大地都焕发出平静而圣洁的光芒，就像一位圣人默默喜悦时脸上的表情。

九月一日

云覆盖率为百分之零点五——云彩一丝不动，也没有什么颜色——从外观看来没有下雨或者下雪的迹象。整天都很平静——大自然的心脏有力地跳动着，催熟晚熟的花儿和种子，为下一个夏天准备。大自然生机勃勃，为之后即将降临的生命做好准备，已经完全成熟之后即将面对和生命同等美丽的死亡，一边讲述着圣洁的智慧、美好和永恒。今天我爬上了达纳峰，想尽量多看一点，因为离开的时间已经越来越近了。在顶峰看得又远又宽，往东能看到默诺湖和默诺沙漠，一片接一片的大山呈现出奇怪的荒芜和灰暗，就像是从天空中洒下的一堆堆灰烬。直径八到十英里的默诺湖，就像一面银镜闪闪发光，它那暗暗的灰烬炭渣堆积的湖岸上没有一棵树。往西边，宏伟的树林覆盖着无穷无尽的山脊和山丘，包围穹顶，征服高山，形成的蜿蜒的森林线勾勒出分水岭的边缘，填满每个被冰川运来的泥土覆盖的空谷，无论那里是岩石崎岖还是平整光滑。沿着中轴线朝南或者朝北看，都能看到一片片巨大的高山、峭壁、山峰和积雪，那积雪滋润的河水向西一路流向大海，中间还经过著名的金门大桥，朝东的河水则流向炙热的盐湖和沙漠，最终蒸发，回到天空中。无数湖泊像眼睛一样，在沉重的岩石之眉下闪烁，有的周围没有一棵树，有的隐藏在漆黑的森林里。林中空地上的草场的数量和湖泊一样众多，甚至更多。在铺满冰碛石的斜坡上摇摇欲坠的岩石间，我发现了很多精致却强壮的植物，有些还在花期。这次旅途的最大收获，就是发现大地上所有的景物之间的联系和整体性。这些湖泊和草地，都位于远古冰川经过最陡峭的地方时，底部碾压最重的地方，而附近绵延的森林，则是生长在侧碛和中碛之上，或是冰川消失末期的沉积土上，所以湖泊草地的最大直径与森林带大致平行。穹顶、山脊、支脉的形态都显示出冰川效应的影响，冰川行进过程中覆盖、横扫和下压时，形成的强大压力造就了它们，所以它们要么抵抗力非常强，要

里特峰上最高的涌泉之一

么处于优越的位置。周围的一切都那么有趣。每块岩石、每座大山、每条溪流、植物、湖泊、草地、森林、花园、鸟儿、动物、昆虫好像都在呼唤我们加入其中，去学习它们的历史和关系。但我这可怜无知的学者真的有机会学习它们提供的课程吗？这一切美好得都不像真的了。很快我就要回低地去了。我们的面包营地很快也会撤离。如果我有几袋面粉、一把斧头、一些火柴，我想用松木建一间小木屋，在周围堆满木柴，然后在这里过冬，观察巨大的暴风雪、观察这高山的鸟类和动物如何过冬、看森林被积雪掩埋、观察雪崩冲下山坡的景象和声音。但我现在必须离开了，因为我没有多余的补给品了。但我一定会再回来，一定！从未有一个地方像这片好客、神圣的野地这样让我念念不忘。

九月二日

壮丽的红色、玫瑰色和绯红色的一天——完美绚丽的一天。我不知道这意味着什么。这是平日安宁的日光下紫色的清晨和黄昏，平静白亮的中午发生的一个显著的变化。但也没有一丝暴风雪的迹象。平均的云彩覆盖率只有百分之零点八，森林里也没有任何风声叹息预示巨大的天气变化。早上和傍晚的天空是红色的，而且颜色不像平日的紫色光一样涣散，而是层层覆盖在一动不动的轮廓清晰的云彩上，就像是被锚固定在山峦切割出的锯齿状的天际线上。达纳峰和吉布斯峰上长时间地覆盖着深红色的云彩帽子，边缘颜色有些晕开，云彩向下蔓延，覆盖住了大部分山体，但露出了达纳峰圆形的山顶，就像是浮在一片绯红色的云彩上的分离部分一样。猛犸山位于吉布斯和布拉迪峡谷的南边，上面分布着一条条的积雪带和一片片的矮松。这座山头上也被一朵绯红色的云彩笼罩着，大自然在制造这朵云彩上可是不遗余力——云彩体积巨大，渲染着完美的绯红色，仿佛能被送上天空，在星星间燃烧。在这儿，不禁让人不断想到大自然在造物时的无限慷慨和孕育能力——在极度的奢靡中却又是无限的富足。但当我们在人类的智力能理解的范围内仔细观察，又会发现其实在她造物的材料中，没有一个分子是被浪费的。所有物资是在被一次又一次地重复使用当中，美丽得到无限的提升。所以我们很快就会停止哀叹这些浪费与死亡，转而为宇宙中取之不尽、用之不竭的富裕而感到高兴，即使观察到周遭万物凋零死亡，也能充满信心地等待它们重新出现，确定地知道它们再次出现时，一定会变得更好更美丽。

我就像观察云之大山的新生一样，急切地观察着天空中红色云彩的生长。很快，图奥勒米河、默塞德河以及圣华金河北汊在最高山顶的冰雪源泉、在白雪覆盖的山巅上，就已经装饰着颜色壮美的云彩——如之前描述过的那样，却更加复杂，好像是为了与这些壮美的河流源头相呼应。营地南边的主教峰和西奈（Sinai）峰一样，都被云彩笼罩着。我从没见过云彩和岩石之间的结合在颜色、形态和质感上都如此水乳交融的融合，把天地完全融为一体。它们显得如此具有人性，每个特征、每笔颜色都深得人心，我们在这景象前放纵地呼喊、狂欢，仿佛这场圣洁的演出是出自自己的手笔。在这样的地方，我们会越来越感觉自己是自然的一部分，与一切都有血缘关系。我今天几乎都在山谷的北缘上度过，俯瞰壮丽的红色云彩把它们神奇的光线洒满整个盆地，脚下的岩石和树木以及小小的高山植物则好像在安静地沉思，就像它们也在认真地观察新生云中王国的壮丽景象。

我慢慢地越走越远，越爬越高，路上遇见一些花园和蕨类植物，生长在一般人会认为植物完全不可能生长的地方。但是，正如默诺小径顶部和达纳峰顶一样，在最原始、最高的地方，却生长着最美丽最娇嫩也最热情的植物。当我一遍遍徘徊在这些迷人的植物边的时候，我问道："你们怎么会在这儿？你们如何撑过严冬？"它们解释说："我们的根部深深地植入了在夏天被晒得暖烘烘的岩石裂缝间，而且在厚厚的积雪下，能毁掉森林的霜冻也碰不到我们，在持续半年的黑暗冬季，我们沉睡着梦想着春天的到来。"

自从进入大山以来，我一直在寻找锦绦花属植物，因为它们据说是石南丛中最美丽最讨人喜爱的。但奇怪的是，我至今还没有见到它们。在我的高山徒步旅程中，我一直念叨着"锦绦花属、锦绦花属"。尽管我一出现在山间，就有很多热情的植物主动来到我身边，但却像加尔文教徒描述的那样，我已经为这个名字着了迷。锦绦花属在大山里的石南科植物里有着最崇高的地位，而且它好像意识到自己的身价，所以一直不在我眼前出现。我一定要尽快找到它，在年内见到它。

九月四日

天空上云中王国的穹顶一片清澈，仅仅有小阳春柔和的光线倾洒其中。松树、铁杉、冷杉的球果都快要成熟了，每天从早到晚纷纷落下，松鼠们也忙着把咬掉的球果收集起来。几乎所有的植物种子都成熟了，它们夏天的工作已经完成；在冬天临近、雪花开始飘飞的时候，夏天出生的小鸟和小鹿很快就可以跟着它们的父母去山脚和平原了。

九月五日

万里无云。天气凉爽、无风、好像看不出有任何大的天气变化即将发生。今天我画了北图奥勒米主教峰的素描。落日时分晚霞绚烂无比。

九月六日

又是一个万里无云的完美日子，早晚有紫色的霞光，其他的时间天空中充满了纯洁安宁的阳光。日出后不久，空气就温暖起来，没有风。让人不禁好奇大自然到底有什么计划。从宁静沉闷、稍有薄雾的天气看，小阳春已然来临。空气中薄薄的黄色雾气，和东部的小阳春一样，是一个显著的特色。空气中有奇特的成熟的味道，估计是因为大量成熟的孢子在空气中飘浮带来的。

德莱尼先生好几次严肃地提起要离开高山地区的事情，还讲述了很多突然爆发的暴风雪让羊群毁于一旦的悲惨故事，尽管现在我们享受着美好的天气，看上去一点威胁都没有，但天气一瞬间就会发生变化。他说："无论现在天气看起来是有多温暖晴朗，现在已经过了这个月的中旬了，我说什么也不能冒险继续待在这么高的深山里。"他打算先赶着羊群慢慢地走，最初一天走几英里，直到我们穿过约塞米蒂溪盆地，然后在浓密的松林中逗留一段时间，若是恶劣天气来临，就赶快下到山脚地带，因为那里的积雪从来不会深到能让羊群窒息而死。这样一来，我非常希望能在这剩下的几天中好好地欣赏野外的美景，而且我再次对自己说——希望有一天我能带着足够的面包，在这里想待多久就待多久，远离这些四处乱踩的羊群。但我仍然非常感谢这个启迪深刻、食物充足的夏天。无论如何，我们永远不会知道到底该去向何方，会得到什么样的指引——人类、暴风雨、守护天使、羊群。即使最不自然的人，也会在自己毫不知觉的情况下，受到一些指引。这片野地似乎充满了计谋和方法，指引我们走向上帝之光。

我忙着做计划，烤了足够的面包来完成一次高山间的野外旅行。无论是对财富与名声的向往和希望有多急切，也无法与我对这计划的兴奋和愉悦相比！

九月七日

天一亮我就离开营地直奔主教峰，我计划从那里往东和往南走，在图奥勒米河、默塞德河以及圣华金河源头处的山峰和山脊间游览。我穿过松林，渡过图奥勒米河，越过草地，攀上图奥勒米盆地南边界上植被密集的斜坡，沿着主教峰东面一直走，直到中午时分终于爬到它的最顶端。中途我有时停留下来研究美丽的树——扭叶松、西白松、矮松、银冷杉和最迷人最优雅的常绿树——铁杉。高山上清凉、花期晚的草地也让我流连不已，还有小湖、雪崩的痕迹、森林线上巨大的冰碛石也经常让我停住脚步。

从大草地一直到主教峰的山脚，一路上的地面都覆盖着冰碛物质，图奥勒米盆地的高处完全是被巨大冰川的侧碛填满的。更高处还有一些小的冰川终碛堆，与图奥勒米的主冰川的巨大侧碛成直角相交。这是研究大山形成和土壤形成的好地方。从主教峰顶俯瞰各个方向都很美丽醒目。无数的山峰、山脊、穹顶、草地、湖泊、树林；在冰川留下供生长的土壤的地方，就有蜿蜒的森林带绵延不绝，而最高的大山侧面，则有矮松紧抓住岩石的缝隙，显然不依靠土壤也能生长。主教峰顶上很像石南的植物，其实是被雪压住的矮松，大约三到四英尺高，但看上去树龄很老。它们中很多已经结出了球果，吵闹的克拉克乌鸦正在用它长长的啄木鸟一般的喙

布满冰碛石的冰川草地，海拔一万英尺，靠近达纳峰

把种子从里面挖出来吃掉。在山峰脚下，还有很多花儿仍在开放，即使在峰顶的小松树间也开着花儿，特别是一种开黄花的绒毛蓼属植物和一种美丽的翠菊。主教峰的山体接近方形，顶峰的斜坡呈非常规对称，山脊朝东北方和西南方延伸。这种走向很明显是由花岗岩节理的结构决定的。东北端的三角墙巨大而简单，底部有一个巨大的雪堆，因为处于山峰的阴影之中，所以不会融化。山峰正面被很多小山峰和一个雕工精美的尖峰装饰着。在这里，岩石节理的结构同样决定了山峰的形态、大小以及整体排列。据说主教峰处于海拔一万一千英尺左右的地方，但其峰体本身比它所在的山脊已经高出了一千五百英尺。朝西边一英里左右的地方有一个很漂亮的湖，湖周围被冰川打磨过的花岗岩明亮闪烁，有时候都无法分辨湖水和岩石的界限，因为它们都闪烁着同样的光芒。从山顶上可以很清楚地看到这个湖以及它银色的湖盆、散布着的草地和树林，也能看见特纳亚湖、云之乡（Cloud’s Rest）峰以及约塞米蒂南穹顶、斯塔王峰、霍夫曼峰、默塞德山峰以及无数白雪覆盖的山峰，沿着山脊从南到北分布着。但是，从这个地方看出去的这片雄伟大地上的景色，没有一个是比主教峰本身更壮观的，这座神奇的圣殿展示了大自然的鬼斧神工和精妙的石头的布道。在我之前的多次短途旅行中，我曾经无数次地从山峰上、山脊上透过树林间的空隙凝望这座山峰，不禁虔诚地惊叹、敬仰和向往。我可以说这是我第一次来到加州的教堂，当我最终被引导到这里的时候，我发现每扇门都慷慨地为我这个可怜又孤独的朝圣者打开了。当我们处于顺境的时候，一切都显得神圣起来，整个世界看上去就是一座大教堂，而这大山，就是圣坛。最终，在这主教峰面前，我找到了神圣的锦绦花属植物，正用它那上千朵花儿发出甜美的铃声，堪比我听

主教峰正面

过最美妙的教堂音乐。我一直沉迷在聆听、敬仰之中，直到接近黄昏时分才匆匆往东走，经过崎岖、尖锐的山峰，它们的岩石和主教峰一样，闪烁着晶体的光芒——长石、石英石、角闪石、云母、电气石。我艰难地爬过一座被厚厚的积雪覆盖的冰崖，它的坡度越来越陡峭，我一路前行到无法通过为止。我还在一个很危险的地方摔倒，幸好我及时用脚跟抵住了一块积雪正在融化的地面，才免于掉进旁边的冰雪深渊。我在一个小湖旁的一片弯曲矮小的松树边扎营，坐在火堆边写笔记，面前浅浅的湖水映照着星光，仿佛变成了深不可测的天堂，周围的岩石、树木、小灌木、雏菊、莎草，被火光映照出来，就好像是充满了思想，很想大声讲述它们的野外故事一样。这是一次神奇而难忘的聚会，每个生命都有值得分享的故事。在火光之外寂静的黑暗中，小溪们则一路合唱着，快乐地从雪山奔向大河。当我们意识到每条主要河流里面都汇聚了上千条这样的小溪，对这些内华达山脉的大河也一路歌唱奔向大海，也就不足为奇了。

大约黄昏的时候，我看见一群暗灰褐色的麻雀飞往雪原上峭壁的裂缝里面准备休息了。真是迷人的小小登山家。我还发现在雪堆旁八到十英尺的地方生长着一种开花的莎草。从地表来看，这些地面能被阳光照到的时间不到一个星期，而且大约一个月内就会又被新的积雪覆盖，所以冬季几乎有十个月长，而春、夏、秋三个季节则匆匆忙忙地挤在余下的两个月里。能独自在这里真是愉快啊！这里的一切都那么原始——和天空一样原始，一样纯净！我永远不会忘记这伟大圣洁的一天——主教峰和上千朵锦绦花属植物的花朵，以及它们周遭的美景，这个树林上、悬崖间的营地，还有天上的星星、地下的溪流和积雪。

九月八日

今天在图奥勒米河、默塞德河最高发源地附近的山峰间爬山、漫步、滑行。我爬上了最大的山峰中的三座，但我不知道它们的名字；我穿越了难以计数的巨大冰原和雪地。还有无数的湖泊，有的散布在台地和山峰间的盆地谷里、有的在峡谷里成串出现，被一条条小溪连接起来——这片巨大的灰色荒原上，有破碎的峭壁、山脊、山峰，还有几片云彩高悬顶上或者笼罩其中，仿佛在寻

图奥勒米山谷上部风景

找工作。整体看上去，这片庞大的圆形地表就像采石场一样寸草不生、毫无生气，但实际上却有无数最迷人的花朵在角落和花园般的草地上欢乐盛开。我这次爬山的运动量至少有平常三到四天的量。直到日落之前，我的四肢都毫无倦意，这时我已经下到图奥勒米山谷上部，位于莱尔峰脚下，但离营地还有八到十英里距离。我在黑暗中穿过松林，越过了苏打泉穹顶，那儿有许多倒地的树木，当所有欣赏美景的兴奋都消退之后，我深深感到疲惫不堪。晚上九点左右我才回到主营地，马上就睡得不省人事。

九月九日

疲惫在休息之后消失，我马上又很想再去同一片野地里漫游一两个月了。但是现在我却必须返回低地，而且祈祷上苍能把我再次送回来。

在山间学到最重要的事情，就是岩石节理裂缝对整个山脉外形的雕蚀作用。很明显，剥蚀作用相当巨大，而不可避免的后果就是精妙平衡的美。大体上看，这些最原始的地表景色就像人脸五官的关系一样，是非常和谐的。事实上，它们看上去就像有人性一样，而且焕发着知性的光芒、圣洁的思想，即使是被岩石和白雪覆盖，这也无法隐藏。

德莱尼先生几乎没来得及问我这一路旅程如何，尽管他整个夏天都在帮助和鼓励我的研究，而且还声称我有一天一定会出名的。我很感激他的信心，但对我这样一个喜欢在野外游荡，从未梦想过出名的人来说，谦卑地探索和学习大自然的课程就已经足够了，成名这样的猜想就显得有些奇怪和不可思议了。

现在营地的物资都已经打包到马背上，羊群也被赶着朝大本营走了。我们离开了，穿过松林，告别我们扎营很久的这片可爱的草地。我不知道还能不能再见到它。这里的草皮如此的坚韧密实，几乎没有被羊群的践踏损伤。幸好羊群不喜欢丝绸般的冰川草地的禾草。天气无比晴朗，没有一丝云彩的痕迹，也没有一点风。我怀疑在世界任何其他海拔九千英尺的高地，能否有如此平静、温和、明亮、好客的好天气。尽管很难想象天气能有非常剧烈的变化，我们还是因为要躲避破坏性的风暴而离开了。

尽管现在的气候条件下河水水位很低，但让羊群过河这个老大难问题还是出现了。好像每只羊都宁可干着身体死去，也不愿沾湿它们的腿脚。在牧羊这件事上，卡罗已经学得可以比得上最高明的牧羊人了，看着它聪明地驱赶或者恐吓傻羊们下河是件很有意思的事情。它们必须在很拥挤的情况下才会被逼到河边，当最后有一只羊无法挤回岸边，被迫下水之后，整个羊群就会突然都冲进河里，就像整个世界里它们只想去这条河里一样。如果不是为了利润的话，我想人们大概宁愿牧狼也不愿牧羊。一旦它们艰难地爬上对岸，它们马上就开始咩咩叫着吃草，好像刚才什么事情也没发生过一样。我们穿过草地沿着山谷南缘慢慢往上爬，穿过我去主教峰时路过的一片树林，晚上在巨大的侧碛顶端一个小池塘旁边扎营。

九月十日

早上黎明时分，两千只羊都不见了踪影。我们沿着它们的足迹，发现可能是因为熊的袭击，它们分散开来了。几个小时后，我们把羊又重新赶到了一起。今天好好地观察了一只鹿，比起这些傻乎乎、脏兮兮、乱糟糟的羊而言，它的每一个举动都是如此优雅完美。从附近的高地，能俯瞰北边壮丽的美景——无数隆起的穹顶和圆形的山脊像是波涛起伏的海面，上面有松林，周围还围绕着无数尖锐的山峰，虽然看上去灰暗贫瘠，实际上却充满了美好的生命。今天又是无风无云的一天，早晚天空呈紫色。在过去两三个星期，黄昏的光线总是很醒目。也许这就是所谓的“黄道光”（Zodiacal light）吧！

九月十一日

无云，有薄霜。无风。我们继续朝山下走，现在把营地驻扎在特纳亚湖草地的西边尽头处——这是个非常迷人的地方。湖水像镜面一样平静，映射出数英里长被冰河打磨平整的山道，以及险峻的山墙。我发现翠菊仍然在开花。这大约是矮化的黄鳞栎生长的最高极限了——海拔八千英尺——这比加州黑栎的生长区域高了整整两千英尺。傍晚时分景色十分美好，天黑之后湖面上的倒影异常奇妙，令人难忘。

九月十二日

今天万里无云，阳光明媚。又一次回到了壮美的银冷杉林，离约塞米蒂的边缘大约两英里，我们来到了因有熊出没而闻名的葡萄牙营地。附近有很多黄鳞栎、熊果以及美洲茶的灌木丛，但在海拔稍微高一点的图奥勒米草地却一株都看不到。这里的扭叶松数量虽然远不及图奥勒米草地那么众多，但在附近的溪流边和类似沼泽的草地上却达到了它的最大体型。最高的干燥土地上都被壮观的银冷杉占据了，这里的银冷杉也达到了最大的体型，而且形成了一片分明的森林带。今晚用它们的树枝搭的床一定很舒服。

九月十三日

今天晚上在约塞米蒂溪附近扎营，地点选在了我们老营地附近的一片沙地上。这里的植被已经变黄枯萎，溪水也几乎干涸了。溪流附近体型修长的扭叶松，应该是我见过的当中最美丽的。第一眼看上去很容易把它们认作是不同的种类，但实际上只是一个变种，因为在这片肥沃的土壤上，它们的生长过于迅猛、长得过于密集。西黄松也是变种，变化程度更大。西黄松在这里，以及再高一千英尺的地方，生长在碎裂的岩石上，枝桠分布很广，红色的树皮上有密密的皱痕，球果很大，叶片很长。这是松树中最耐风寒的一种，而且生命力旺盛。又长又强壮的松针组成的叶穗在阳光下闪耀着银光，当风吹过的时候，它们都向同一个方向舞动，这可是这山间森林最壮美的表演之一。这种西黄松的变种已经被一些植物学家看作是一种新的树种：杰弗里松。著名的约塞米蒂溪的盆地大多是岩石覆盖——看上去是布满了穹丘的平整大路，就像是铺着大卵石的街道一样。我不知道是否有机会好好地探索这里。它对我有很大的吸引力，我宁愿牺牲一切来学习它的教诲。我感谢上帝能给我机会看上这么一眼。这些大山的迷人之处完全超出了常理，和生命本身一样，无法解释而且神秘。

九月十四日

今天几乎一整天都在壮观的冷杉林里，冷杉上层的树枝上长满了巨大而且直立的灰色球果，一颗颗纯净的松脂闪耀着光芒。松鼠们飞快地把球果咬下来，我听到砰、砰的落地声，很快这些球果就会被储存起来作为过冬的粮食。被这些勤劳的搜集者漏掉的球果，则会在完全成熟之后，掉下种鳞和苞片，然后带着紫色翅膀的种子则盘旋着、成群结队地飞翔起来，快乐地寻找自己的归宿。在主要的森林带中，几乎每一棵树的树干和干枯的枝桠都被装饰着一条条、一丛丛显眼的黄色地衣。

今天我们在瀑布溪扎营过夜，旁边就是默诺小径的路口。熊果的莓果现在已经成熟了。天空中云的覆盖率为百分之十。落日的余晖色彩丰富，从树林的通道看出去，燃烧的紫色和红色晚霞非常壮丽。

九月十五日

今天一天阳光灿烂，云的覆盖率为百分之五，白色的卷云在地平线附近飘浮着。我们今天前进了两到三英里，在落叶松平原扎营。我漫步在围绕着草地的松林里，发现了一些非常巨大的银冷杉，最高的大约有两百四十英尺高，离地面四英尺的树干直径有五英尺。

九月十六日

今天在壮观的森林中慢慢穿行，进行了四到五英里，来到了仙鹤平原扎营过夜。在夏日令我们敬仰无比的森林现在更加美丽了，在温和的秋天阳光中显得非常肃穆。一个星光灿烂的可爱夜晚，高耸的螺旋状树顶在明亮的星空映照下显得漆黑无比。我在篝火边徘徊，不想睡觉。

九月十七日

今天一大早就离开了营地。很快地跑过了图奥勒米分水岭，向下走了几英里，在德莱尼先生的带领下来到了一片我之前听说过的红杉林。它们大约占据了不到一百英亩的土地。有些是非常壮观巨大的老树，周围围绕着美丽的兰伯氏松和花旗松。没有被烧过或者折断的完美树木们，非常的规整对称，虽然每棵树的形态都不一样，但整体看来却非常和谐统一。一棵棵直立的大树，长着深紫棕色有凹槽的树皮，在一百五十英尺之下没有树枝，只是不时点缀着叶丛。最老的树木上的枝、干都非常巨大，弯曲着以之字形地向外延伸，毫无章法可言，但是它们在合适的距离会突然弯下去，散发成浓密的枝桠，形成一种变化多端但又非常规则的外形——圆柱状的茂密枝桠向外延伸，形成壮观的穹顶形树顶，即使在很远的地方，也能一眼看到它们映衬在天空的背景下，耸立于松树、冷杉和云杉组成的暗黑色森林带之上，无论从外形大小还是高贵的姿态上来说，它们都称

图奥勒米的红杉林

得上是针叶树中的王者。我发现了一棵焦黑的树干，直径约有三十英尺，高八十到九十英尺——这是一棵在盛年时期可能统领整片森林的大树留下的令人尊敬而且醒目的纪念碑；附近有许多幼苗和小树正在满心希望地繁茂生长，说明这种树决不会很快灭绝。除了大火之外，任何恶劣的天气变化都不会威胁到这种上帝最高贵的树种。我很遗憾没能数数这棵老纪念碑的年轮。

我们晚上在榛林绿地扎营，位于分水岭山脊后面的宽阔区域，离我们春天上山时的营地很近。这片山脊有最美丽的兰伯氏松林、熊果以及美洲茶灌木丛，是我整个夏天的旅程中见到最美丽的。

九月十八日

从分水岭南边走下了很长一段路，来到了布朗平原，离开了壮观的森林带，不过兰伯氏松仍然长得很繁茂，还有西黄松、香肖楠属以及花旗松，组成了堪称世界最美丽的森林之一。

这里的印第安人非常郑重地告诉我们，不要靠近平原上一个古老的花园。我想那里可能是他们安葬族人的地方。

九月十九日

今天晚上在上山的时候经过的第一个宽阔的山间平台上的史密斯锯木场扎营。这里的松树长得很好，是很好的木材原料。这里还生长着小麦、苹果、桃以及葡萄，主人用葡萄酒和苹果招待了我们。我不喜欢这葡萄酒的味道，但是德莱尼先生和印第安牧羊人以及另外一位牧羊人都觉得这是只应天上有的美味。与从天堂流下来的新鲜山间泉水相比，这酒简直是无聊、浑浊、愚蠢的饮料。但苹果是水果中最好的，无比甜美——人神共享。

从布朗平原下山的路上我们在鲍尔洞停留了一下，我在里面逛了一个小时——这是大自然的地下宫殿中最神奇有趣的一个了。阳光穿过生长在洞口的四棵枫树直接射进洞里，照亮里面清澈、平静的池塘和大理石的洞壁，——这是个迷人的地方，无比美丽，但是有人在伸手能触碰到的洞壁上留下了自己的名字，破坏了美景。

九月二十日

天气依然晴朗平静，但很热。我们现在已经到了山脚，离开了除了灰色的赛宾松之外所有的针叶林。我们在荷兰男孩农场扎营，那里广阔成片的大麦田，如今只剩下了灰尘扑扑的麦茬。

九月二十一日

今天非常热，灰尘弥漫，阳光炙人。除了多刺的小枝叶和灌木丛之外，羊群找不到其他植物，我们在这里逗留也毫无益处，所以就赶了很远的路，在太阳下山前回到了黄色的圣华金平原上自己的牧场。

九月二十二日

今天早上我们把羊群一只一只放出畜栏，清点数目。很奇怪的是，经历了我们在崎岖蜿蜒的岩石和灌木、溪流中的冒险，又被熊驱散过很多次，还因为吃了杜鹃叶子、美国熊果和碱性土壤而中毒，但每只羊的去向都清清楚楚。春天的时候有两千零五十只瘦小虚弱的羊离开这个畜栏，现在回来了两千零二十五只肥胖强壮的羊儿。损失的羊有以下这些：被熊杀死了十只，被响尾蛇杀死一只，一只因为在砾石坡上跌断了腿而不得不被杀掉，还有一只意外与羊群走散，因盲目的恐慌自己跑丢了——这里一共十三只了。还有另外十二只是注定回不来的，三只卖给了牧场主，九只被我们在营地吃掉了。

我在内华达高山这次永远难忘的旅程结束了。我穿过了上帝创造的最耀眼最完美的“光之山脉”，在它的荣耀的光芒中欣喜若狂。我快乐、感激而又充满希望地祈祷能再度见到它。

图书在版编目（CIP）数据

夏日走过山间 /（美）缪尔（Muir, J.）著；邱婷婷 / 译 .
—上海：上海译文出版社，2014.7（2025.9重印）
书名原文：My first summer in the sierra
ISBN 978-7-5327-6430-3

Ⅰ. ①夏… Ⅱ. ①缪… ②邱… Ⅲ. ①散文集－美国
－现代 Ⅳ. ① I712.65

中国版本图书馆 CIP 数据核字（2013）第 254072 号

John Muir
My First Summer in the Sierra
根据 Houghton Mifflin Company1916 年版译出

夏日走过山间
〔美〕约翰·缪尔 著 邱婷婷 译
责任编辑 / 黄步红 莫晓敏 装帧设计 / 柴昊洲

上海译文出版社有限公司出版、发行
网址：www.yiwen.com.cn
201101 上海市闵行区号景路 159 弄 B 座
苏州市越洋印刷有限公司印刷

开本 787 × 960 1/32 印张 8.75 插页 9 字数 106,000
2014 年 7 月第 1 版 2025 年 9 月第 20 次印刷
印数：68,001—73,000 册

ISBN 978-7-5327-6430-3
定价：42.00 元